Michelangelo

从凡人到艺术家

米开朗琪罗 *Michelangelo*

不可逾越的成就

［意］马塔·阿尔瓦雷斯·冈萨雷斯 著
于雪风 娄翼俊 郑昕 译

北京时代华文书局

本书由意大利蒙达多利出版公司授权出版

中文译本由阁林国际图书有限公司授权使用

前　言

托斯卡纳的群山中，时光静静地流淌着。太阳光反射在大理石面上，明亮而刺眼。看着那些躺在石窟中的大理石，想象它们粗糙的外表下隐藏着未知形态，由此去探寻石块本身蕴藏的艺术、思想和历史，去倾听自然的声音，感受待解放的力量。

正如他本人诗中说的那样："雕塑本已存在于石块当中，最优秀的艺术家不过是用双手将多余部分去掉罢了。"这就是米开朗琪罗：孤傲、愤世嫉俗、暴躁、焦虑，但始终坚信自己拥有超常的才能，坚信自己对造型艺术有非比寻常的掌控力。

文艺复兴从繁荣到没落的整个阶段，从美第奇家族的"自由美术学校"，再到宗教改革，米开朗琪罗是这段历史的主角和杰出见证者，他用那永不枯竭的激情赋予了大理石无限的生命力。米开朗琪罗一生的悲剧，是他纠结在超越常人的审美和深层的焦虑之中，以"奴隶"为名的这几件作品淋漓尽致地展现了这一点。每一个形象都像是与石头斗争，要从石块中解放出来，这是人与自然、与灵魂、与枷锁之间的痛苦斗争。这一切不仅表达了他的政治思想，也透露出他的一些隐秘与苦涩的情感。

受限于16世纪历史的现实因素，米开朗琪罗设想自己遗世而独立，拥有现代人的思维，这一点通过如今伫立在佛罗伦萨美第奇家族陵墓前的雕塑，便可以看出端倪：《晨》痛苦地舒展着自己的身体；《昏》那粗糙的面孔，仿佛被白日的艰辛折磨着；《昼》那丰满结实的肌肉上，浮现的是焦虑的脸庞；而《夜》的脸上浮现出一丝笑容，却仅仅因为失去了知觉而暂时得以喘息。

接下来，就是完成于西斯廷礼拜堂的《最后的审判》。这片坚实平坦的天花板消除了时间和空间的限制，地狱和天堂、天使和魔鬼、肉体的复活与末日的审判，一共约有四百个人物穿插交错在一起。在愤怒的耶稣周围，围绕着一群裸体的人，他们向令人失望的旧社会发出警告，也对未来发出希望的呐喊：文艺复兴！

《隆达尼尼圣殇》是米开朗琪罗最后一件作品，虽然并未完成，但已经跨越旧艺术的思维，摆脱了以往的艺术风格与绘画传统的束缚，成为永不磨灭的艺术典范。直到米开朗琪罗去世的前三天，他还一直在雕刻耶稣腿的部分。三个星期以后，他的侄子列昂纳多把叔叔的遗体秘密运回了佛罗伦萨。在由乔尔乔·瓦萨里（Giorgio Vasari）建造的圣十字教堂，人们为米开朗琪罗举办了一场庄严的葬礼，并进行隆重的公共纪念活动，竖立了大型墓碑。整个佛罗伦萨都围绕在米开朗琪罗周围，纪念这位空前绝后的时代伟人，而这个时代也因他的死亡而结束。

对于米开朗琪罗来说，他并不喜欢大张旗鼓的纪念活动，只喜欢白色大理石的沉默和孤独，就像但丁在《神曲》中写的那样："他正是从这洞穴里观察星相和大海，没有什么东西将他的视线遮盖。"

斯蒂芬尼·祖菲
Stefano Zuffi

目　录

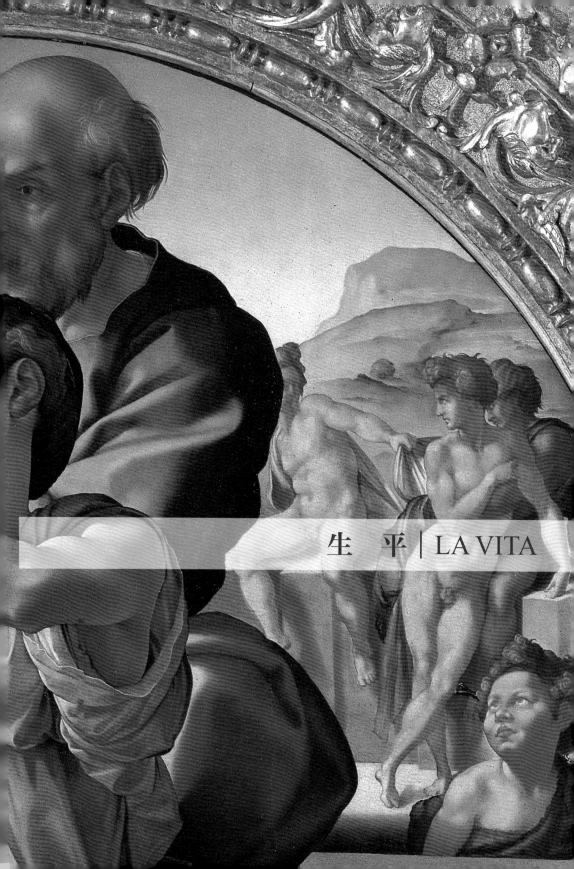

生 平 | LA VITA

通往卓越的坎坷之路

"我记得是在1474年的3月6日，一个小男孩诞生了，取名米开朗琪罗，那是一个星期一的早上，四五点钟的样子……"路多维克·迪·列昂纳多·迪·博那罗蒂·西蒙尼在他的回忆录中这样记录他的第二个儿子的诞生。

米开朗琪罗出生于卡普里斯，他的父亲曾经在佛罗伦萨共和国担任过最高行政长官一职。按照佛罗伦萨旧历，新年应该是3月25日，而根据新历，米开朗琪罗的出生年则应该是1475年。当时谁也没有预料到这个小男孩以后的奇特命运。

博那罗蒂家族一度经历了比较窘迫的经济状况，他们曾经是佛罗伦萨古老家族的后裔，现在要去远离城市的地方从事较低等级的职业，幸好他们可以通过经营托斯卡纳教区的几座农场来增加家庭的收入。

在米开朗琪罗的祖辈中，没有画家，也没有雕塑家。在那个历史时期，这种职业属于手工业者，在贵族中并不流蒂行，而博那罗蒂家族的先人多为官僚。米开朗琪罗的家族拥有武器，还有一座私人教堂，这足以说明其家族曾经的显贵。尽管如此，辉煌的过去并不能掩盖家族几代以来日趋没落的事实。

在他漫长的艺术生涯中，他对自己以及家人的经济状况的担忧，与他对佛罗伦萨的爱恋一样持久，这也显示出他对自己高贵出身的认同感，以及其背负的失望情绪。如果不能理解这一点，便不能理解他性格中的阴暗面。让我们再回到那个刚出生的婴儿身上，那个出身于贵族世家但却家境贫寒的婴孩，或许有人会问他为什么没有从事教会职业，而选择了艺术之路。尽管答案可能是博那罗蒂家族缺少培养和教育的资源，也可能是经济条件的限制，但是这些恰恰与阿斯卡尼奥·孔迪维（Ascanio Condivi）所著的《米开朗琪罗传》中的内容相悖。

这本1553年出版的著作中写道：米开朗琪罗的父亲曾强烈反对他选择艺术道路，而米开朗琪罗为了坚持自己对艺术的爱好，顽强地反抗了。他与生俱来的超强天分，在自学成才的过程中展露无遗。而在瓦萨里的著作《生命》第一版中，也描述了这位天才少年的经历，但其中并没有提到家庭反对这一说法。相反，在瓦萨里的作品中，正是路多维克·博那罗蒂亲自把自己13岁的儿子带进了多梅尼科·吉兰达约

《米开朗琪罗肖像》，雅各布·德·孔德，约1535年，佛罗伦萨，博那罗蒂家族故居

《圣彼得》（复制于马萨乔的《纳税钱》），1489年—1490年，慕尼黑，斯塔特利克版画收藏馆

三年，总共需要支付24个佛罗伦萨金币。但根据某些文献，米开朗琪罗在吉兰达约学院的学习要更早一些，可追溯到1487年，当时博那罗蒂的姓氏已出现在佛罗伦萨的画家资助者名录中。

在12岁时，作为学徒的米开朗琪罗就十分活跃，已经能够利用自己的画作获得不错的经济收入。他也得到了家人的认可，尽管他从事的职业并不像出身贵族的他原本应该从事的职业那样神圣。

在多梅尼科和大卫身边的这段时光，米开朗琪罗习得了绘画艺术的初级技艺，在当时正在施工的圣母百花大教堂的工地现场也学到不少东西。很遗憾的是，他那段时间的画作并没有保存下来，第一幅属于米开朗琪罗的作品是《曼彻斯特的圣母》，创作于1495年至1497年之间，现存于伦敦国家美术馆。画作中能看出米开朗琪罗在托纳波尼礼拜堂中习得的绘画技法，这使得判断米开朗琪罗职业生涯的准确开端变得更加困难。但是不管如何，有一点是非常确定的，那就是这个年轻人对于佛罗伦萨绘画大师乔托和马萨乔的兴趣与日俱增，并且认真研究他们的设计，同时也显示了米开朗琪罗向往规模宏大的传奇英雄式作品的艺术品位。

（Domenico Ghirlandaio）和大卫·吉兰达约（Davide Ghirlandaio）艺术学校进行培训，使米开朗琪罗打下了坚实的基础。

在1488年4月1日的记录中，路多维克·博那罗蒂与吉兰达约兄弟达成协议，米开朗琪罗可以在这里学习

从美第奇花园闯入艺术殿堂

关于米开朗琪罗是否在吉兰达约学院完成了三年的培训，没有定论。孔迪维对这段时期的描述也相当含糊。弗朗西斯科·格拉纳奇（Francesco Granacci）当时也是吉兰达约学院的学生，他带着米开朗琪罗多次参观了位于圣马可教堂旁边的圣马可花园，这座花园为洛伦佐·美第奇所有，位于美第奇狩猎场的中心位置。根据当时的记载，有很多非常有天赋的年轻人都跃跃欲试，想进入雕塑艺术的领域，而他们经常光顾的美第奇花园，就收藏着无数件雕塑作品。

在格拉纳奇的陪伴下，米开朗琪罗进入了这座艺术殿堂，得以近距离观察这些雕塑。正如他的传记作者所描写的那样，圣马可花园是个高等教育中心，由洛伦佐资助，由多那太罗（Donatello）的学生与助手老贝托尔多·迪·乔凡尼（Bertoldo di Giovanni）进行管理。尽管孔迪维和瓦萨里用了大量文字描述了这座花园的日常运作情况，但对于年轻的米开朗琪罗来说，这座花园为他带来的却是最基础的雕塑经验。

参观圣马可花园不仅让他在雕塑艺术中遨游，还让他逐渐进入美第奇家族的圈子中。在这里，米开朗琪罗得到了洛伦佐的热情支持，并深深地受到这个圈子中浓厚的文化氛围的影响。洛伦佐府邸位于拉尔加路，在1492年洛伦佐去世之前，米开朗琪罗一直居住于此。

在这里他认识了许多人，包括洛伦佐弟弟的私生子，后来成为教皇克雷芒七世的朱利奥·德·美第奇，这些人在未来将成为米开朗琪罗的主要资助人。他还结识了那个年代最杰出的文学巨擘，如担任洛伦佐家庭教师的阿尼奥罗·波利齐亚诺（Agnolo Poliziano）和哲学家马尔西利奥·费奇诺（Marsilio Ficino）。

在圣马可花园，米开朗琪罗制作了许多古代雕塑的复制品，包括一个已遗失的半人半羊神的头部。在有关米开朗琪罗的文学著作中，这件大理石雕塑被认为是他最杰出的作品之一，正是这件雕塑让洛伦佐对他眼前这位年轻的艺术家大为赞赏。传记中记载，洛伦佐对米开朗琪罗这件作品中展现的高超技巧十分惊讶，他甚至去征求米开朗琪罗的父亲路多维克的同意，以邀请米开朗琪罗来他的府邸做客。记载中字里行间暗示他的父亲并不十分同意，但由于经济上的原因，路多维克同意了洛伦佐的请求，并得以在税务所谋得一个职位，每月工资8个金币。

在这期间诞生了两件浮雕作品，现收藏于佛罗伦萨博那罗蒂家族故居：《阶梯上的圣母》和《半人马之战》。从这两件作品中可以看出多那太罗个人风格与古典雕塑艺术两者对少年米开朗琪罗的影响。1492年4月洛伦佐去世，这意味着米开朗琪罗在洛伦佐府邸中幸福生活的结束，他不得不回到了父亲家中。

然而，米开朗琪罗和美第奇家族的关系并没有因此中断。1494年冬天，一场大雪过后，皮耶罗·德·美第奇（洛伦佐的儿子）派人去请米开朗琪罗到美第奇府邸花园用雪制作一尊雕塑。几个月后，米开朗琪罗又一次成为美第奇府邸的座上宾，又一次因与这个家族的紧密关系而受益。

如今尽管没有米开朗琪罗受美第奇家族委托而最终完成的作品的记载，但一般认为，米开朗琪罗与皮耶罗之间还是建立了某种合约关系。所以这一时期，米开朗琪罗多次造访圣神大教堂，也不是出于偶然。他为教区司铎创作了他人生中唯一一个木制作品《基督受难》，现在这件作品就摆放在当年的位置展出。

1493年皮耶罗被选为圣神大教堂的工程总管，他的地位使他有权力支持米开朗琪罗在教区里进行研究，解剖从医院送来的尸体。

崭新的探索：最初的逃亡

尽管在米开朗琪罗的传记作者笔下，皮耶罗是个极其可怕的人，孔迪维形容他是个"傲慢无理又颐指气使"的暴君，并且他们也表示米开朗琪罗和皮耶罗的关系并不好，然而没有迹象显示他们的关系正式破裂。直到1494年秋天，也正是美第奇家族统治危机四伏的时候，米开朗琪罗从佛罗伦萨逃离。

自洛伦佐去世之后，佛罗伦萨的政治和经济日渐衰退。数月以来，这里弥漫着人们强烈不满的情绪，尤其当法国国王查理八世在皮耶罗的同意下长驱直入佛罗伦萨时，这种不满的情绪爆发了。

事态急转直下，法国国王离开后，美第奇家族被驱逐出佛罗伦萨。市民被愤怒蒙蔽了双眼，他们推举多明我会教士吉罗拉莫·萨伏那洛拉为代表，听从他煽动人心的布道，洗劫了圣马可花园。面对萨伏那洛拉不停地鼓吹新的宗教精神与社会价值观，米开朗琪罗与他同时代的其他艺术家，对陷于混乱之中感到十分惊恐，担心自己因为曾受美第奇家族支持而成为众矢之的。

威尼斯是米开朗琪罗的第一个目的地，尽管在这个潟湖城市短暂停留之后，他又前往了博洛尼亚。在那里，米开朗琪罗受到贵族乔凡尼·弗朗西斯科·阿尔多弗兰蒂尼（Giovan Francesco Aldovrandini）的接待，并受到保护。这位贵族与统治博洛尼亚的家族关系十分亲密，当时他全权

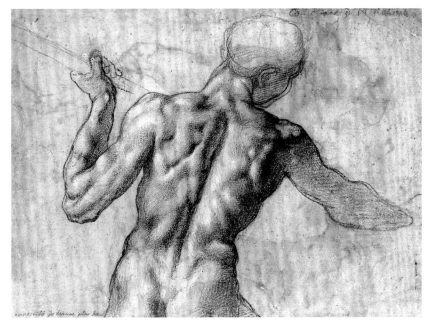

负责圣多明我教堂中的圣人石棺的建造工作。尼古拉·皮萨诺和尼科洛·迪·阿尔卡也曾在这个教堂工作过。于是，在阿尔多弗兰蒂尼的主持下，这项光荣的石棺建造任务，就交给了米开朗琪罗，为此米开朗琪罗对他充满了感激之情。除了帮助米开朗琪罗谋得工作并在家中款待他以外，阿尔多弗兰蒂尼还允许米开朗琪罗研究博洛尼亚艺术。诸多文化因素在博洛尼亚艺术中留下了印记，这深深触动了米开朗琪罗。

在圣佩特罗尼奥大教堂雅各布·迪拉·奎尔恰的浮雕面前，米开朗琪罗尤其赞叹当中所蕴含的势不可挡的力量和无法压抑住的活力；在绘画方面，他对深植于艾米利亚-罗马涅大区的费拉拉绘画十分感兴趣，尤其是科斯梅·图拉、弗朗西斯科·德尔·科萨（Francesco del Cossa）、埃尔科莱·德·罗贝蒂（Ercole de Roberti）的表现主义作品。

1495年，佛罗伦萨已经重归平静，由受萨伏那洛拉思想影响的共和体制统治城市。米开朗琪罗重新回到故乡。不过在这段时期，他的资助人依然是美第奇家族的人——当中有不少是在被流放之后重新获得许可回到佛罗伦萨的。这次是洛伦佐·迪·皮耶尔弗朗西斯科·美第奇——洛伦佐的堂兄弟，他是当时城市文化生活中的重要人物。受到他的影响，米开朗琪罗创作了两件人物雕塑作品，分别是《施洗者圣约翰》和《沉睡的丘比特》，但这两件作品现已不知所踪。

涂色丘比特骗局被识破

几个月后，正是由于这第二件作品而发生的一连串事件，导致米开朗琪罗第一次奔赴罗马。也许是皮耶尔弗朗西斯科的建议，米开朗琪罗把《沉睡的丘比特》埋于地下，将其涂成古旧的颜色，目的是使这件作品看起来像在罗马市场里贩卖的刚刚出土的文物。这个计划看起来是成功的：这件作品被以200个佛罗伦萨金币卖出——要知道米开朗琪罗当时所能得到的制作费最多也就30个金币而已。买主是当时最大的古物收藏家之一——枢机主教拉斐尔·里阿里奥，教皇西斯笃四世的侄子，他要把这件作品转手卖给米兰商人巴尔达撒雷。

这个骗局最终还是被识破了，枢机主教十分气愤，递了个状子告到佛罗伦萨，不仅要求归还款项，还要求与雕塑的作者见面。负责传达主教命令的密使是银行家雅各布·加利，他与米开朗琪罗之间具有稳固的利益关系。

在加利的努力下，米开朗琪罗于1496年6月来到罗马，进入了里阿里奥及佛罗伦萨银行家的圈子中。尽管在

这场骗局中里阿里奥是受害者，但是他对米开朗琪罗充满了钦佩之情，张开双臂欢迎米开朗琪罗来到罗马，并立即邀请他去参观自己拥有的古典雕塑收藏。古典雕塑又一次使米开朗琪罗产生极大的震撼，如同当年他在圣马可花园近距离观察那些雕塑一样。不久，里阿里奥委托米开朗琪罗雕刻《酒神巴库斯》，但由于不明原因，这件作品最终落到了雅各布·加利手中。在这期间，加利在另外两件非常重要的雕塑作品中发挥了中间人的作用：一件是如今在梵蒂冈守护着圣彼得大教堂的大理石作品《罗马圣殇》（又译：《圣殇》《哀悼基督》），正是这件作品使米开朗琪罗名扬天下；另一件是《基督入葬》木板画，原本计划摆放在罗马圣阿戈斯蒂诺教堂的祭坛中。

为佛罗伦萨共和国服务

在1501年3月离开罗马前，米开朗琪罗接到了一个由雅各布·加利引荐的新任务。这次的资助人是枢机主教弗朗西斯科·托代斯基尼·皮科洛米尼，未来的教皇庇护三世，他要求米开朗琪罗为锡耶纳大教堂的祭坛制作15尊略小于真人大小的雕像。但最终米开朗琪罗只完成了4尊雕像，分别是圣保罗、圣彼得、圣皮奥和圣格雷里奥，并且这4尊雕像大部分是由他的

助手完成。相较于在佛罗伦萨等待
着他的新任务,这个不太体面的工
程,对米开朗琪罗来说已经没有多
大吸引力了。

根据孔迪维的说法,米开朗琪
罗重回佛罗伦萨要归功于"当地的商

《蹲着的青年》，
1530年—1534年，圣
彼得堡，冬宫博物馆

人"。米开朗琪罗进入一个作品订量
激增的时期，尤其是大型浮雕作品，
这意味着他在罗马获得的声名为世人
所认同。从16世纪初起，在罗马和
其他主要的艺术中心，米开朗琪罗的
名字就与技艺精湛的艺术作品紧紧
联系在了一起。他的作品展现出高

度的成熟性，尽管此时的他还十分年
轻。所以，1501年8月，佛罗伦萨羊
毛同业公会与教堂工程负责人将一个
宏大的任务交给米开朗琪罗时，没有
人感到意外。他们要求米开朗琪罗把
一块已经被前两位雕刻家粗凿过，又
因质量不佳而丢弃的巨型大理石雕刻

成大卫塑像，将其放置在教堂里的扶壁上。

这个浩大的工程一直到1504年才完成，其间米开朗琪罗也接受了许多其他重大任务，其中包括不少公共性质的项目。1502年8月，他受佛罗伦萨最高长官皮耶罗·索德里尼和执政长官们的委托，为吉耶城的长官皮埃尔·罗汉制作了一个铜质的大卫塑像。这个铜像最终是由贝内代托·达·罗韦札诺完成的，现已遗失。

据1503年有关数据记载，米开朗琪罗因制作一件圣母圣子像而得到一笔收入，而这件作品是受布料商人亚历山大·穆斯克宏的委托为布鲁日教堂里的家庭礼拜堂制作的。同年，羊毛同业公会的长官委托米开朗琪罗为佛罗伦萨教堂制作12尊巨型的圣徒像，而米开朗琪罗则以一年一尊的速度来完成。这个任务最终没有完成，当1505年米开朗琪罗前往罗马时，圣马太雕像才刚开工。

1505年，教皇尤利乌斯二世向米开朗琪罗发出了邀请，使得十二圣徒像的创作受到影响，但这并不是唯一受影响的工程。米开朗琪罗为佛罗伦萨市政楼议会厅画的《卡辛那战役》壁画也因此中断。在离开佛罗伦萨之前，他只来得及为这幅壁画完成一幅巨大的草图，而这幅草图迅速成为当时人们竞相学习的对

象。如今，草图已不复存在，我们只能通过相关艺术家的研究和流传下来的复制图来想象当年这幅草图的宏伟与壮观。其中最吸引人的不只是战役的场面，还有可用来进行解剖学研究、充满力量美的人物姿势与场景。

与达·芬奇的正面交锋

根据当年议会厅的规划，《卡辛那战役》应当与1503年委托列昂纳多·达·芬奇创作的《安吉亚里战役》一起形成对称的作品。这是米开朗琪罗第一次有机会与自己的强大对手进行正面交锋。事实上，米开朗琪罗在达·芬奇身上学到了许多重要的东西，是达·芬奇让他更加成熟。

1501年，几乎是与米开朗琪罗从罗马回到佛罗伦萨的同时期，达·芬奇在圣母领报节当天展示了他创作的《圣安娜、圣母与圣子》草图。这幅草图引起当时许多艺术家，包括米开朗琪罗在内的赞赏与钦佩。在之后一段时期，米开朗琪罗的许多设计图，都明显带有达·芬奇的风格：笔触变得充满活力，随时可让人物的轮廓生动起来，人物间的接触越来越紧密，并且通常都是被置于复杂的群体中。在这个时期，米开朗琪罗创作的圆形作品也明显受到达·芬奇的影响：在圆形大理石作品《塔戴依圆形浮雕》和《皮蒂圆形浮雕》中都雕刻了圣

母、圣子与幼年施洗者圣约翰，在《圣家族圆形画》中也描绘了神圣家族与幼年施洗者圣约翰。

与尤利乌斯二世的相识和"陵墓悲剧"

1505年，朱利亚诺·德拉·罗韦雷被选举为教皇尤利乌斯二世的第三年，他决定把自己的陵墓安置在圣彼得大教堂中。这个宏伟的构想符合这位年事已高的教皇的一贯想法和他坚毅、热忱的性格，然而他还有个雄心勃勃的目标，他想把艺术与政治紧密地联系在一起，让罗马重现当年罗马帝国的辉煌。

为了把罗马建造成真正的艺术之都，尤利乌斯二世不惜花费大量的精力和财力，把当时最知名的大师都吸引到梵蒂冈：多纳托·布拉曼特（Donato Bramante）、拉斐尔（Raffaello），当然还有已经大名鼎鼎的米开朗琪罗。这位佛罗伦萨雕刻家应当是欣然接受了教皇的邀请，尽管这会迫使他不得不中止在佛罗伦萨的重要工作项目。尤利乌斯二世的目的在于成为那些渴求机遇的艺术家的最佳担保人，他的计划如同把大师们会聚于奥林匹斯山上，直指不朽。

在建造尤利乌斯二世陵墓长达40年的过程中，历经多次中断与修改，此外还有来自后任教皇的强烈指责和恶意中伤。在孔迪维的传记中，米开朗琪罗将其形容为"陵墓悲剧"，认为这是他人生中最大的灾难，在他的余生中一直为此感到痛苦与懊悔。

这个工程在一开始进展得非常迅速：仅用了两个月时间，资助人和米开朗琪罗就在价格与设计方面达成共识，他们计划在尚未完工的圣彼得大教堂中建造一个独立的巨型大理石长方形建筑群，由三组规模递减的建筑组成。如同所有陵墓建筑一样，为了在雕塑方面突显其宏伟性，米开朗琪罗一开始计划创作40尊高度不一的大理石雕塑，规则地放置在建筑群的四面上，而在正中间则建造一个椭圆形的小教堂，用于安放教皇的棺材。在低处，米开朗琪罗计划建造四个壁龛，每个壁龛里放置一尊女神像，镶嵌在巨大的男性雕塑中。据记载，这个设计就像是人类的半身从监狱般的柱子中伸出来。在中间一层，他计划建造四尊坐像。孔迪维指出，其中包括摩西像。这四尊雕像将伴随观众的目光朝向建筑群的最高点，即半躺着的教皇雕像。

教皇改变心意，自尊心大受打击

获得尤利乌斯二世的许可和足够的预付款后，米开朗琪罗马不停蹄地前往卡拉拉，亲自挑选每一块大理石。然而他的热情很快就消失殆尽，

《提堤俄斯受罚》，
1532年，温莎，皇家博
物馆

因为当他回到罗马时，他发现在过去的八个月中教皇似乎改变了主意，认为当下最重要的并非建造自己的陵墓，而是委托给布拉曼特的圣彼得大教堂的重建。米开朗琪罗的自尊心大受打击，他愤而离开罗马，回到佛罗伦萨。这激怒了尤利乌斯二世，他不断派来密使要求米开朗琪罗回去。保护米开朗琪罗的佛罗伦萨共和国也被牵涉其中，他最终不得不屈服。1506年9月，教皇前往博洛尼亚，庆贺征服此前被本蒂沃利奥占领的博洛尼亚城，米开朗琪罗趁此机会前往博洛尼亚请求教皇的原谅。两人之间达成和解，米开朗琪罗为教皇创作了一尊巨型铜像，摆放在圣伯多禄教堂的正

面。仅仅过了三年，本蒂沃利奥重新夺回博洛尼亚的统治权，这尊铜像被毁于一旦。

尽管双方已经和解，但一直到1513年陵墓才重新开工。一方面是因为教皇把更多精力放在梵蒂冈宫殿与教堂的重修上；另一方面是因为米开朗琪罗同时接受了其他的委任项目，其中包括超乎寻常的西斯廷礼拜堂穹顶的创作。所以陵墓的建造一直到尤利乌斯二世去世后才重新开始。后任教皇与米开朗琪罗重新签订协约。但是重新制定的设计图已经不是从前的样子，因为之前的设计过于宏大，不可能得到教皇继承人的同意。不过这次的设计也依然非常宏伟：建筑群不

《提堤俄斯受罚》，
1532年，温莎，皇家博
物馆

卡比托利欧广场，约
1537年，罗马

再独立于教堂中，而是靠着教堂的一面墙壁，整个建筑将被数量可观、高于实际的人物雕像所装饰，其中还有圣母与圣子的雕塑，作为建筑群的最高点。

在后任教皇增加的诸多条款中，包括一条排他性条款，即要求米开朗琪罗只能单独为这个教皇陵墓工作，并且要在七年内完成。米开朗琪罗又一次没有遵守协约，他当然不愿意放弃其他项目，因为这意味着他将放弃更多收入。1514年，他与罗马贵族梅泰罗·瓦里签订合约，为罗马圣母大教堂创作一件位于密涅瓦女神之上的《耶稣升天》作品。米开朗琪罗千

方百计地继续陵墓的建造工作，完成了两件奴隶雕塑作品（现收藏于卢浮宫）和摩西像（现位于圣彼得锁链堂的陵墓中）。

1516年，他们又签订了新的条约，减少了雕像数量。直到1545年，米开朗琪罗最后几件作品被安置在圣彼得锁链堂的陵墓中。这期间，米开朗琪罗承受了来自后任教皇和新项目的催促，催促后来变成了强烈指责。他心中"陵墓悲剧"的感觉越来越强烈。

佛罗伦萨继而委托给他新的任务。1534年起，在罗马他也有了新工作。1532年教皇克雷芒七世介入此专案，为米开朗琪罗开出了更加有利的

条件，但这项工程仍然没完没了。原本计划成为陵墓装饰中一部分的四尊未完成奴隶雕像现收藏于美术学院美术馆，还有一尊未完成的《胜利》寓言像，现收藏于维奇奥宫中。1545年冬天，陵墓举行了完工仪式，《利亚》和《拉结》被放置在《摩西》的两侧。尽管陵墓亦不乏雄伟之感，但与40年前尤利乌斯二世和米开朗琪罗签订协约时的目标相比，实在是相形见绌。

西斯廷礼拜堂穹顶上的神作

教皇尤利乌斯二世与米开朗琪罗的关系并不好，因为两人的性格都比较强硬，易怒且傲慢，但由于都心怀雄心壮志而不得不合作。1508年春天，也就是米开朗琪罗因愤怒而对教皇做出粗鲁无礼的举动逃离罗马的两年后，他被召唤回到罗马。但这次并不是为了让他完成陵墓的工作（陵墓的规划已经修改到第二版），而是要委托给他另一个宏伟的任务。这个任务超越了米开朗琪罗的极限，让他跨越艺术的边界展现他原本并不擅长的绘画才能。这个任务正是完成西斯廷礼拜堂穹顶的装饰。

西斯廷礼拜堂是尤利乌斯二世的叔父西斯笃四世30年前命人建造的，曾有不少15世纪后期声名远播的画家在此工作过，其中包括来自佛罗伦萨的波提切利（Botticelli）。米开朗琪罗接受了此项任务，他不仅要在面积巨大的穹顶上使用他并不擅长的艺术技法，还要与当年同样师从吉兰达约的大师们一较高下。

从1508年到1512年，米开朗琪罗花了四年时间完成了这幅取材于《圣经》中《创世记》的巨型壁画。整幅画作的构思如同当年设计尤利乌斯二世陵墓的初稿那般宏伟，还展示了米开朗琪罗从未意识到的自己在建筑方面的杰出才能。在米开朗琪罗艺术生涯的后几十年里，他的建筑才能逐渐凸显出来，并且占据了越来越重要的地位。

与美第奇家族的复杂关系

西斯廷礼拜堂穹顶的完工仪式，在1512年诸圣节当天隆重举行。工程完工后，米开朗琪罗又一次投入了雕塑方面的创作中。经过四年精疲力竭的工作，我们可以想象米开朗琪罗是多么渴望重新拾起凿子投身到尤利乌斯二世陵墓的建造中。他于1513年2月与教皇继承人签订了新的协约。但是很快，米开朗琪罗又有了新的委托项目，这些项目不仅让他逐渐远离了教皇陵墓，也逐渐远离了罗马。

1516年12月，米开朗琪罗与乔凡尼·迪·洛伦佐·德·美第奇，即接任教皇皇位已三年的利奥十世（洛伦佐·美第奇之子），就佛罗伦萨圣洛伦佐教堂立面的建造进行商讨。这座教堂与美第奇家族紧密相关。身为艺术家的热忱保护者和家族教堂伟大计划的发起者，虽然从未付诸实践，利奥十世似乎想把自己和洛伦佐·美第奇（人称"奢华者"洛伦佐）当年的辉煌时代联系起来。对于米开朗琪罗来说，教皇的推荐意味着他将在佛罗伦萨开启一个充实的人生新阶段。

利奥十世1521年逝世。两年后，枢机主教朱利奥（也是美第奇家族中的一员）被选举为教皇克雷芒七世。这个时期的米开朗琪罗又一次被不断修改的项目所困扰，而15世纪20年代末期席卷整个意大利的政治事件也让米开朗琪罗无从逃避。与这个痛苦时期相伴的还有米开朗琪罗与美第奇家族一直说不清、道不明的关系：一方面，是美第奇家族的人把米开朗琪罗推上了艺术之路，委予他重大项目；另一方面，米开朗琪罗是共和体制的支持者，而美第奇家族却是这个体制最主要的威胁者。在感激与反对之间，米开朗琪罗心中应当充满了矛盾。

米开朗琪罗与利奥十世之间的不和很快出现了。1520年，利奥十世废除了他们一年前签订的协约，而在这期间，米开朗琪罗已经在佛罗伦萨制作了两个木制的模型，之后又在卡拉拉、彼得拉桑塔和塞拉韦札三地，为制作立面所需要的大理石进行挑选、开采、搬运等费力又危险的工作。这意味着这项充

满创造性的工程，他无法再进行下去。

不过尽管建造的工程戛然而止，米开朗琪罗的设计图，包括用大理石和铜制作的大型雕刻装置，却为之后新设计的立面奠定了深厚的基础。新的立面不再是由几个简单部分拼接而成，而是以一个完整的结构通过动力组装而成。正是1519年美第奇家族最后一位嫡系继承人乌尔比诺公爵洛伦佐二世（洛伦佐·美第奇之孙）的去世，让教皇的兴趣发生改变。利奥十世与堂弟朱利奥一起想出了新主意，他们想在圣洛伦佐教堂里建造一个墓室，用来庄严地存放"奢华者"洛伦佐（指洛伦佐·美第奇）和他的弟弟朱利亚诺，还有乌尔比诺公爵和三年前刚去世的内穆尔公爵朱利亚诺（洛伦佐·美第奇之子）的遗体。

墓室选在与布鲁内莱斯基设计的旧圣器室相对称的地方。从1519年至1523年，米开朗琪罗一直在忙于建筑结构的建造。至于原先计划的四位美第奇家族成员的墓墙，最终只有两位公爵的墓墙完成，而且事实上并没有真正完成。这个工程堪称雕刻与建筑的完美结合，并与15世纪20年代后期的政治事件紧密相连：1527年美第奇家族被逐出佛罗伦萨，工程被迫中断，由米开朗琪罗非常支持的共和政府接手修复。他的支持并不只是精神意义上的支持，他还接受了市政防御工事总管的任命，抵挡迫在眉睫的僭

主军队的来袭。在美第奇家族取得胜利回到佛罗伦萨后，米开朗琪罗深知已暴露了自己支持共和制的立场，他担心美第奇家族势力的报复，于是逃离佛罗伦萨，过起了隐居生活。

后来，米开朗琪罗得到了教皇克雷芒七世的宽恕，重获新生，重新回到新圣器室和五年前开工的劳伦先图书馆的建造工作中。克雷芒七世的宽恕，与其说是对一个叛徒产生怜悯之心，倒不如说是因为他清楚地知道，只有米开朗琪罗才有能力重建美第奇家族的辉煌。但是在经历了共和时期的激荡之后，米开朗琪罗没能按期完成工程。1534年他前往罗马时，墓室的建造还远未成型。在离开佛罗伦萨前，米开朗琪罗完成了公爵雕像和四尊位于石棺之上的雕像制作，如同当年他制作的圣子与圣母像一样。

位于圣母两侧的圣科西莫和圣达米亚诺的雕像，由另外的雕刻家完成，而拟人化的河神、天神和地神的

《维多利亚·科隆纳圣殇》草图，约1546年，波士顿，伊莎贝拉·斯图尔特·加德纳美术馆

雕像，最终也没有成型。

面临死亡的迟暮之年

1534年，米开朗琪罗离开佛罗伦萨，尽管之后公爵科西莫一世一再热情召唤他回来，他再也没有踏足那里。他前往罗马的原因与两个委托项目有关：尤利乌斯二世的陵墓与西斯廷礼拜堂墙壁上的巨型壁画《最后的审判》。后者是教皇克雷芒七世委托的，但他在1534年9月就去世了，没有等到工程开工的那一天。克雷芒七世的继任者保罗三世继续任命米开朗琪罗完成这项工程，并且成为其热忱的支持者。

从1542年起，米开朗琪罗为保罗三世完成了他人生最后的绘画作品，位于保利内礼拜堂中的《圣保罗的皈依》和《圣彼得受钉刑》壁画。

四年后，安东尼奥·达·桑加罗逝世，建造圣彼得大教堂的重任落到了米开朗琪罗的肩上。保罗三世与米开朗琪罗不仅关系良好，而且保罗三世还允许米开朗琪罗在布拉曼特已设计完善的圆心对称结构基础上增添新的部分，使教堂整体风格更加鲜明。除了在个别私人委托项目里，米开朗琪罗还进行雕刻以外，在他人生的最后三十年中，他逐渐抛弃了绘画和雕刻，全心全意地进行一系列重要的建筑和规划类项目创作，把在佛罗伦萨圣洛伦佐教堂已经实践过的理念运用其中。这表现出古典传统被彻底打破。巨大的样式、断开的三角墙、圆心对称结构的改良、越来越紧绷的张力，这些都是米开朗琪罗建筑作品中的特点，但强烈的立体感永远是他建筑最重要的特质。

在这些年里，米开朗琪罗还完成了法尔内赛宫的建造和卡比托利欧广场的规划，佛罗伦萨人在罗马的圣乔凡尼教堂的方案，圣母大教堂中斯福尔扎礼拜堂的方案，天使圣母教堂中迪奥克雷齐亚诺温水室的改造计划和庇亚门的设计。不过，这些方案最后大都由他人执行，他们对最初的规划进行了大幅度修改，如今已经很难从中看出米开朗琪罗在建筑方面的革新尝试了。

步入暮年，米开朗琪罗已经声名斐然，没有任何当代艺术家能与他比肩。在他逝世之前，人们就已经传颂这位天才饱受磨难却不为世人所识，不断超越自身的极限来战胜逆境和应对朝令夕改的资助人，为每一件超乎寻常的作品赋予生命力。这一方面要归功于他众多卓越的作品流传于世，另一方面要归功于他忠诚的传记者为他勾勒出来的形象。米开朗琪罗最后十几年拥有的社会地位，大大超出了他同时代艺术家们所能达到的境界。然而，他的暮年却饱受内心的折磨，不断反思信仰、死亡和救赎等话题。这不仅仅是由于年老所致，也是由于他与天主教改良主义者中一些代表人物交往密切造成的，比如女贵族维多利亚·科隆纳。在罗马，米开朗琪罗身边不乏数量可观的朋友和仰慕者：刚刚提到的维多利亚·科隆纳，托马索·德·卡瓦列里，艺术家蒂贝里奥·卡尔卡尼和在罗马的佛罗伦萨人达尼埃莱·迪·沃尔泰拉，等等。然而在米开朗琪罗最后的作品和文字

《理想的头部》草图，约1518年—1520年，牛津，阿什莫林博物馆

中，流露出的是在与上帝见面之前的深深孤独感。

绘画方面，壁画《最后的审判》和保利内礼拜堂中的壁画让人们感受到米开朗琪罗是整个场景中的主角；雕刻方面，位于佛罗伦萨和米兰的两尊《圣殇》（指《佛罗伦萨圣殇》和《隆达尼尼圣殇》）大理石雕塑，则展现出他在面对死亡时内心的痛苦历程。1564年2月18日，米开朗琪罗因病逝世。而三天前，他还在为未完成的《隆达尼尼圣殇》凿上最后几笔。

作　品 | LE OPERE

阶梯上的圣母

Madonna della scala

约1492年

大理石，54.5 cm×40 cm
佛罗伦萨，博那罗蒂家族故居

曾有人推测这件作品的完成时间不早于1495年，这个说法被证明是完全错误的。《阶梯上的圣母》大理石浮雕，被认为是米开朗琪罗的第一件传世作品，完成时间约为1492年。来自阿莱佐的瓦萨里在他的著作《生命》第二版中写道，"这件浮雕作品最明显的特点之一就是具有强烈的多那太罗风格"，而他是第一个明确指出这一点的人。毋庸置疑，年轻的米开朗琪罗深受多那太罗的影响。

在技法方面，米开朗琪罗敢于在层次明显的画面上运用浅浮雕的手法；在人物刻画方面，他也充分展示了作品主题要表现的内容。就像如今收藏在法国里尔美术馆中的多那太罗作品《埃罗得的宴会》一样，在这件浮雕作品中，米开朗琪罗通过凸显的台阶和陡峭的扶手展现透视的消失点，上面刻有几个急剧缩小的可爱又调皮的孩童。左上角两个小男孩正玩得开心，而在阶梯上则出现了第三个小男孩，他靠在扶手上，眼望着圣母肩后第四个不太明显的小孩，抓住了圣母衣带的一端。作品的主体是有强烈多那太罗风格的圣母轮廓与富有肌肉的圣子，但是这个孩童玩耍场景的深层含义，我们却无从得知。

尽管此时的米开朗琪罗还不到17岁，但这件浮雕作品却展现了他个人的艺术风格，比如对比的使用、人物的庄严性以及对雕塑表面的区分处理。

米开朗琪罗：不可逾越的成就

半人马之战

Battaglia dei centauri

约1492年

大理石，84.5 cm×90.5 cm
佛罗伦萨，博那罗蒂家族故居

　　当时洛伦佐已经去世，米开朗琪罗在离开佛罗伦萨前开始制作这件高浮雕。而这件浮雕也跟其他许多作品一样，最终没有完成。这座浮雕中，众多男人里夹杂了几张女人的面孔，被框在一个不规则的边框之中。他们身处于一场艰难的战役中，面对的是一群半人半兽的敌人。由冲突引发的暴力与骚动使这些人扭曲纠缠在一起，让人无法分辨出人与半兽、胜者与败者。

　　他们有的从背景中凸显出来，有的只浅露一点，这些都展现了米开朗琪罗与他年龄不相称的高超技艺，他能够充分利用大理石的特点来构造令人惊讶的空间结构。最初孔迪维指出，浮雕表现的是"劫掠德亚尼拉与半人马激战"；随后瓦萨里指出这是"埃尔科莱与半人马的战役"。经考证，这个场面与奥维德描写的拉比底人与半人马之战是一致的，战争的起因是半人马欧里托和他的同伴们闯进了皮利托与伊波达米亚的婚宴中。

　　不过米开朗琪罗创作的重点并非描述这个画面，而是表现裸露的躯体各种扭曲伸缩、缠绕纠结的姿态，这也许是波利齐亚诺带给他的启发。而这在米开朗琪罗成熟时期的雕刻作品中也一样可以看到，例如位于美第奇陵墓中的《大卫》雕像。除了浮雕，绘画也不例外，尤其在《最后的审判》中更为明显。

基督受难

Crocifisso ligneo

约1493年

木制，139 cm×135 cm
佛罗伦萨，圣灵教堂

    人们大概已看惯了米开朗琪罗那些充满英雄气概的雕塑，如《大卫》，或者《最后的审判》中扭曲的躯体，所以，当他们第一次面对佛罗伦萨圣灵教堂中这件木制的《基督受难》时会惊讶地发觉：原来米开朗琪罗还能使用柔美，甚至可以说是柔弱的手法来表现死亡与悲剧这种主题。

    与西斯廷礼拜堂壁画中那些充满解剖学色彩的人物不同，这里瘦小的耶稣显得纤细柔弱，面对苦难无从抵抗。这也许是受当时流行的萨伏那洛拉思想的影响，强调耶稣在受难时的脆弱性。米开朗琪罗创作了一个外表纤弱但充满内在张力的耶稣形象：他身体扭曲着，苦难的气息由下至上蔓延开来。这些特点在米开朗琪罗随后一些出色的作品中也可以看到，所以才平息了许多关于这件雕塑是否为他的真迹的争论。但这也是米开朗琪罗唯一一件流传至今的木制作品。

烛台的天使
圣普罗柯洛

Angelo reggicandelabro
San Procolo

1494年—1495年

大理石，高51.5 cm
大理石，高58.5 cm
博洛尼亚，圣多明我教堂

1494年秋天，因害怕受到日渐混乱的政治环境的波及，米开朗琪罗离开佛罗伦萨，到距离不远的博洛尼亚寻求庇护。贵族乔凡尼·弗朗西斯科·阿尔多弗兰蒂尼接待了米开朗琪罗，他是一位高雅的文人，在市民中有举足轻重的地位。在他的举荐下，米开朗琪罗接手了这个艾米利亚—罗马涅大区最受尊重的城市工程，即圣多明我教堂中的石棺建造。这个工程由尼古拉·皮萨诺在14世纪60年代开始动工，之后由尼科洛·德尔·阿尔加（Niccolò dell'Arca）继续建造，直至他1494年去世。

米开朗琪罗负责制作三个雕像，分别是博洛尼亚主教彼得罗尼奥、圣人普罗柯洛和手托烛台的天使。这尊天使像与之前尼科洛制作的雕塑相互对称。

年轻的米开朗琪罗抛弃前辈们的风格，即优雅的哥特式晚期风格，重新制作了新的雕像放置于圣多明我陵墓上。而在坚固沉稳的《烛台的天使》中，天使微微向前倾，托住粗大的烛台，在他宽大飘逸的衣褶下可以看到雕工精妙的人体。

在《圣普罗柯洛》中米开朗琪罗同样进行了许多原创性的创作，这些特点都延续出现在以后的《大卫》和《摩西》作品中。他在年轻的古罗马战士的脸上刻画了凶猛凌厉的神态，使整个人物呈现出英雄般的面貌，并通过高度紧绷的身体状态，将这一特点加以强化。人物的动作定格在突然被打断的那一刻，成为不朽之作。

酒神巴库斯

Bacco

1496年—1497年

大理石，高203 cm
佛罗伦萨，巴杰罗美术馆

这是米开朗琪罗第一次到罗马时枢机主教拉斐尔·里阿里奥委托他创作的，但最后这件作品被摆放在了银行家雅各布·加利的花园中。加利对古典艺术十分痴迷，是米开朗琪罗的忠诚资助者。里阿里奥拒绝接受这件作品的原因，我们无从得知，他自己本身也是年轻雕刻家米开朗琪罗的热忱仰慕者，在此之前，他还购买过米开朗琪罗的《沉睡的丘比特》，并以为那是一件古代文物。

米开朗琪罗对这件作品最初的去向十分清楚，即为枢机主教花园中已经琳琅满目的雕刻收藏品锦上添花。因此他在设计这件作品时，并不像15世纪传统的雕刻家那样，只从前侧的观看角度来设计，他的创作方式让观看者可以从多角度来欣赏。

观看者只要站到这个摇摇晃晃的酒神旁边，便可看到在他的旁边有一个小小的身体极度扭曲的森林之神，从他的左手垂落下一串葡萄——森林之神趁酒神喝醉了，偷偷前来一尝葡萄的美味。

罗马圣殇

Pietà

1497年—1499年

大理石，高174 cm
梵蒂冈，圣彼得大教堂

　　1498年8月27日，米开朗琪罗签订合约，为法国国王查理八世驻教廷的大使、枢机主教让·比莱赫·德·拉哥浩拉的陵墓创作一件《罗马圣殇》作品，摆放在圣彼得大教堂中。但事实上，这项工作从前一年就已开始。据记载，1497年11月，米开朗琪罗亲自前往卡拉拉挑选大理石用料。根据合约要求，这件作品的题材为"大理石材料制作的圣母怀抱赤裸的耶稣尸体"。这种题材在意大利比较罕见，更不用说在雕刻领域。但是在意大利以北的区域，却十分常见，因此有人猜想这是资助人明确提出的要求。

　　作品中，圣母坐在象征卡尔瓦里奥山山峰的岩石上，怀抱着已失去知觉的耶稣的躯体。宽大厚重的衣褶垂落在圣母怀中，两个人物似乎融为一体，亲昵之情令人动容。作品整体呈现出具有创造性的金字塔形状，情感的张力表现得淋漓尽致。这是圣母最后一次抱起已失去生命的耶稣，她的面容流露出身为母亲在此刻所能体会到的痛彻心扉，但同时她也表现出一种面对现实的坦然之情。令人印象深刻的还有圣母左手的手势，她左手伸开，仿佛在邀请观众一起在这个苦痛的场景面前陷入沉思。

　　此外，米开朗琪罗在圣母衣服绶带上的签名也令人关注，因为这是他唯一一件刻有签名的作品。根据瓦萨里的说法，当时有人以为这件作品的作者是伦巴第人克里斯多福罗·索拉里（Cristoforo Solari），因此米开朗琪罗才刻下了自己的名字。

基督入葬

Deposizione di Cristo nel sepolcro

1500年—1501年

木板画，后以油彩修饰，161.7 cm × 149.9 cm
伦敦，伦敦国家美术馆

　　有关米开朗琪罗雕刻作品的记载浩如烟海，而有关他绘画生涯开端的记载却乏善可陈。在他的《圣家族圆形画》之前只有为数不多的画作流传至今，其中包括两件未完成的木板画，现收藏于伦敦国家美术馆：一件是《曼彻斯特的圣母》，描绘了圣母、圣子、施洗者圣约翰与天使们；另一件便是《基督入葬》。

　　根据赫斯特（Hirst）的说法，《基督入葬》创作于16世纪初，描绘了耶稣在几位门徒的护送下准备入葬的场景。位于耶稣背后的是年迈的朱赛佩·迪·阿里玛泰阿，在耶稣右侧的是健壮的圣约翰，他正依靠一条绷带的力量支撑起耶稣整个躯体，另外周围还有一群虔诚的妇女。画作的右下方，可以看到米开朗琪罗为圣母预留了空间，与玛利亚·马达莱娜的位置相对称。在卢浮宫现存有这幅画的初稿，从中可看到年轻赤裸的圣母手上拿着荆棘编成的冠环，正陷于沉思中。但这个形象在最终的版本中，并没有体现出来。

　　不过，画中最让人感兴趣的是人物肖像和画面结构的设计。人物肖像方面，可以清楚地看出这些人物带有明显的斯堪的纳维亚风格；而结构方面，整个画面的焦点对准耶稣垂直的躯体，这个位置经过米开朗琪罗历年多次修改，才最终确定。尽管仍有学者不认同这幅画的作者为米开朗琪罗，但我们却能看到这幅画里呈现了米开朗琪罗风格中最重要的几个特点，比如人物的英雄气概，以及对死亡主题的深切关注。

大卫

David

1501年—1504年

大理石，高434 cm
佛罗伦萨，美术学院美术馆

1501年夏天，佛罗伦萨羊毛同业公会和教堂工程负责人希望米开朗琪罗能为大教堂扶壁创作一座巨型塑像。在此之前，这个任务已经经由多人之手却未能完成。而交到他手中的那块大理石，在1464年和1476年已经分别被阿戈斯蒂诺·迪·杜乔和贝尔纳多·罗塞利诺粗凿过又弃用了，原因是材质不佳。同时，这块大理石的厚度，也不足以很好地按照人体解剖学原理创作一件如此巨型的雕像。尽管有这么多困难与限制，米开朗琪罗还是毫不犹豫地接受了这个挑战，因为他很清楚一旦成功，将为他带来无上的威望。除了从完美的身体造型、巧妙的姿势和惊人的明暗效果中表现出高超技艺外，米开朗琪罗还从肖像刻画方面展示了他的才能。实际上，这个主题是佛罗伦萨的传统题材，但米开朗琪罗却力求避免落入俗套。这件《大卫》与此前多那太罗和韦罗基奥（Verrocchio）创作的铜制《大卫》截然不同，米开朗琪罗不再刻画大卫战胜歌利亚后的胜利场景，而是选择了临近战斗前的一刻。这在艺术史上是首创。

处于放松姿势的大卫身体肌肉紧绷，表现出了强大的身体力量；微皱的眉头与锐利的目光，则显示出他高度集中的精神状态。强健的体格与过人的智慧，正是这件大卫作品传达给世人的感受，大卫也从此成为人类的英雄和完美的象征。

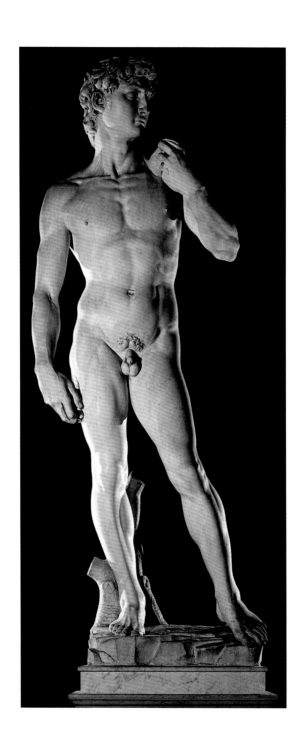

圣保罗

San Paolo

约1501年—1504年

大理石，高127 cm
锡耶纳，锡耶纳大教堂，皮科洛米尼圣坛

在1501年春天离开罗马前，米开朗琪罗又一次经由加利的引荐获得新任务，这次的资助人是枢机主教弗朗西斯科·托代斯基尼·皮科洛米尼，他要求为锡耶纳大教堂中的家族祭坛制作15尊雕像。与以往的创作不同的是，皮科洛米尼希望米开朗琪罗为一个独立的建筑体制作一系列的雕塑，而这个建筑是1483年至1485年按照另一位雕刻家的设计建造而成的，里面没有任何雕刻装饰。不过，这个新工程并不能满足米开朗琪罗的雄心壮志，他明白他有能力通过其他更高水平的委托来获得更大的名声。机会很快就来了。合约签订后的第三个月，米开朗琪罗接到为佛罗伦萨大教堂创作一尊大卫雕像的项目。很自然地，锡耶纳系列雕像的任务就排到了第二位。以往米开朗琪罗会拒绝助手们大规模的协助，但这次他接受了。尽管如此，在三年时间里，他也只完成了四尊雕像，而且作品质量也大不如前，其中一个原因是用来放置雕像的空间实在有限。

最引人关注的当然还是《圣保罗》，它又一次展现了15世纪佛罗伦萨的艺术大师，如韦罗基奥和多那太罗对米开朗琪罗的深刻影响。从衣袍上飘逸的衣褶可看到多那太罗的痕迹，而精神集中的神态和浓密的头发，则令我们想起了位于圣多明我教堂中的《圣普罗柯洛》雕像，以及即将出现的《大卫》雕像。

布鲁日圣母

Madonna di Bruges

约1503年—1505年

大理石，高128 cm
布鲁日，圣母教堂

16世纪初是米开朗琪罗在佛罗伦萨的高产期，他在这期间为一群数量可观的资助人工作，其中包括一个名为穆斯克宏的佛兰芒家族。这个布料商家族与米开朗琪罗间的合约极有可能是在雅各布·加利的介绍下完成的，因为穆斯克宏在意大利的生意往来，都是依靠加利的银行来打理的。米开朗琪罗为他们创作了一件圣母与圣子的作品，名为《布鲁日圣母》，放置在布鲁日圣母教堂的家族礼拜堂中。这个事件并没有出现在米开朗琪罗传记中，而是因发现穆斯克宏家族1503年至1505年的账单记录才为人们所知。

据记载，这件作品于1508年被运送到布鲁日，而完成时间应为米开朗琪罗在佛罗伦萨的最后两年。当年阿尔布雷特·丢勒（Albrecht Dürer）在游历荷兰时，亦对此作大加赞赏。因此这件作品的创作时间与位于梵蒂冈的《罗马圣殇》的创作时间相隔不远，我们可以从这两组大理石作品的对比中发现大量相似点。除了圣母的脸孔与衣服十分相似之外，两件作品的聚焦点都放在了圣母与圣子的母子关系上。

在《布鲁日圣母》中，我们可以看到米开朗琪罗的处理手法，是充满了动态与原创性的：这里的圣婴不再像传统那样端坐在圣母膝盖上，而是有从母亲怀里滑落下来的倾向，而圣母则用左手来握住他以防止他滑落。圣子灵活的姿势使整个雕塑充满动感，再加上他扭转的体态，这些都毫无疑问地展现了米开朗琪罗的个人风格。

圣家族圆形画

Tondo Doni

1503年—1504年

木板画，直径120 cm
佛罗伦萨，乌菲齐美术馆

　　这是米开朗琪罗唯一一件亲手制作的完整木板画，据推测应当是在1503年阿尼奥罗·多尼与马达莱娜·斯特罗齐的婚礼上构思而成。也有人认为，创作时间应该更迟一点，大约在1506年至1507年完成。

　　在这件作品中，米开朗琪罗重拾佛罗伦萨传统，采用圆形画板，但他也加入了自己的原创性设计，使圣家族人物的垂直构图与圆形底板形成鲜明对比。这种构图的选择，也许是受到另一幅木板画的启发，即卢卡·西尼奥雷利（Luca Signorelli）在15世纪末期为皮耶尔弗朗西斯科创作的《圣母与圣子》（现收藏于佛罗伦萨乌菲齐美术馆）。因为在此期间，米开朗琪罗与皮耶尔弗朗西斯科的关系十分密切。从人物肖像的刻画和画面背景一群赤裸的人物中，可看出西尼奥雷利对他的影响。米开朗琪罗又一次向人们展示了他从往日的艺术大师身上汲取灵感的个人风格。

　　尽管已有许多前人对这幅作品做出解读，但我们仍然很难指出这幅构图复杂、充分展现米开朗琪罗成熟绘画技巧的画作想表达的真实含义是什么。细腻的笔触与强烈的色彩，与达·芬奇的柔和风格形成了鲜明而充满争议的对比。这也将在随后的西斯廷礼拜堂壁画里充分表现出来。人物复杂变换的姿势、扭转的身体与相互关联的动作，预示了托斯卡纳主义流派未来的发展走向。

皮蒂圆形浮雕

Tondo Pitti

约1503年—1505年

大理石，直径54.5 cm×82 cm（椭圆形）
佛罗伦萨，巴杰罗美术馆

这件作品的资助人为巴尔托洛梅奥·皮蒂，用于展现皮蒂家族的虔诚之心。从浮雕上圣母膝头上的书可以看出，此刻的她正深陷在对仍是孩童的耶稣命运的沉思中，而在圣母背后，年幼的施洗者圣约翰仿佛在努力挤进画面里。考虑到作品的创作目的，这个题材的选择并不让人意外，在列昂纳多·达·芬奇画了《圣安娜、圣母与圣子》后，这种题材一时风靡于世。米开朗琪罗从罗马回到佛罗伦萨后，也对此深表赞赏。

在这个佛罗伦萨盛行圣母与圣子主题的时期，米开朗琪罗借用此机会向世人展示了他处理画面人物关系与空间位置的高超能力，而这也正是达·芬奇在他的草图中所尽力表现的。虽然不久后的《塔戴依圆形浮雕》所展现的达·芬奇风格会更少一些，但是在《皮蒂圆形浮雕》中，米开朗琪罗对人物的构造，以及如何在圆形背景中嵌入等问题都经过了深思熟虑：画面的焦点毫无疑问是圣母，她坐在方形石块上，手臂与膝盖弯曲着，正好充盈在整个画面里，生动得呼之欲出。圣母的头部超出了圆形石板的边界上方，并转向右侧，打破了由她身体形成的垂直中心轴的构造。

与其说这些人物融合在画面里，倒不如说通过错落有致的层次，从年幼的施洗者圣约翰略微显露的身体到圣母几乎完全立体的头部，却使整个作品更具真实感。

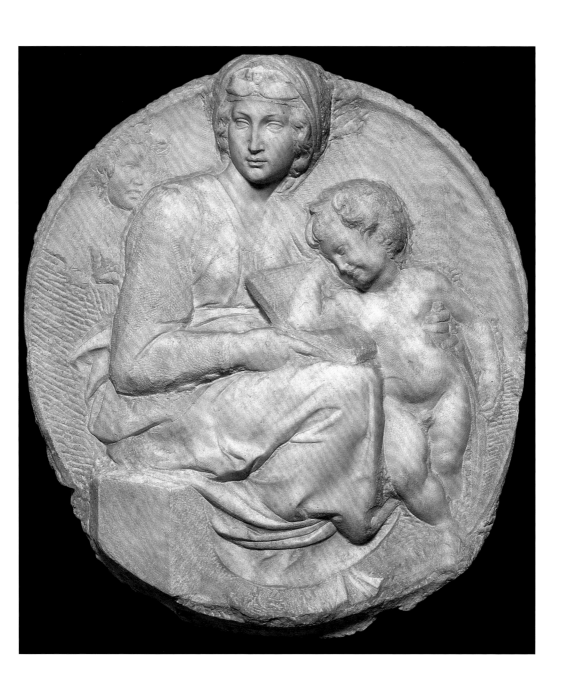

塔戴依圆形浮雕
Tondo Taddei

约1504年—1506年

大理石，直径109 cm
伦敦，皇家美术学院

　　与《皮蒂圆形浮雕》一样，《塔戴依圆形浮雕》也是用于悬挂在佛罗伦萨某个富裕家族的府邸墙上以表虔诚的信仰。相似的用途，使得米开朗琪罗在人物肖像方面做出了相似的选择：主要人物又一次为圣母、圣子与施洗者圣约翰。不过刻画的场景却大相径庭。

　　米开朗琪罗不再塑造处于沉思状态中的圣母形象，而是选择了鲜活的日常生活场景：年幼的耶稣被小约翰忽然放到他身上的小鸟惊吓到，躲进了母亲的怀抱；而圣母则慈祥地注视着孩子间的游戏。与《皮蒂圆形浮雕》一样，这件作品里也有一些细节用于象征耶稣的不幸命运。实际上，那只小鸟是红额金翅雀，是耶稣受难的象征。

　　除了有大量相似之处，两件浮雕作品也有不少显著的差别，其中最明显的就是这件浮雕中活泼的场景。受达·芬奇风格的影响，米开朗琪罗把小鸟放置在画面中心，三个人物间的关系都围绕着小鸟展开。而最能体现达·芬奇特点的是耶稣的形象，他横置的身体几乎占据了浮雕下方的大半部分，他敏捷而急切地靠向圣母伸展双腿。圆形的背景被用来强化构图，而浮雕表面不同层次的处理，则使得画面更加生动，尽管这件作品实际上并未真正完成。

圣马太

San Matteo

约1506年

大理石，高216 cm
佛罗伦萨，美术学院美术馆

1503年，佛罗伦萨大教堂委托米开朗琪罗制作十二尊高于真人高度的圣徒雕像，用来装饰布鲁内莱斯基设计的雄伟圆顶下方的支柱。根据米开朗琪罗传记作者的记载，这件雕塑作品的人物为圣马太，是这十二尊雕像之一。之前已经提过，由于被佛罗伦萨和1505年后罗马的其他项目所打断，这个工程最终没有完成，只留下这尊《圣马太》像。

因为雕像是为了摆放在神龛中，所以不必像其他静态雕像那样精心设计，只需把正面设计好就够了。人物的身体有力地扭转着，仿佛有一股力量将他向上拉伸。米开朗琪罗又一次利用对照的效果来使雕像人物充满动感：突起的台阶使他不得不弯曲左腿，右腿保持伸直状态，而手臂的动作则刚好与双腿相反，形成对比，同时头与肩膀向着相反方向转动。人物造型表现出的活力与整个雕像传达出的悲怆之感，让我们看到了米开朗琪罗创造的令人赞叹的艺术效果。

这种悲怆性不可避免地受到《拉奥孔》的影响，因为就在《圣马太》开工前的几个月，《拉奥孔》为世人发现，米开朗琪罗亲身经历了这一事件的发生。而这件的作品"未完成"，则为雕像本身增添了许多魅力，让我们更清楚地看到米开朗琪罗的创作历程。

西斯廷礼拜堂天顶画

Cappella Sistina. La volta

1508年—1512年

湿壁画
梵蒂冈，梵蒂冈博物馆

1508年5月，迫于教皇尤利乌斯二世的压力，米开朗琪罗接受了西斯廷礼拜堂绘画装饰的任务。这个礼拜堂是教廷里最庄严神圣的场所之一。米开朗琪罗一开始并没有对这项工作抱以太大的热忱，因为他在佛罗伦萨维奇奥宫里的《卡辛那战役》并没有完成，他认为自己只能算是个雕刻家，而非画家。他在壁画领域没有任何经验，也不容易找到值得信赖的助手。

此外，绘制十二尊巨型圣徒像的要求也让他感到索然无味。获得教皇的批准后，米开朗琪罗于1508年7月开始着手工作。与他一起的还有几个合作者，但米开朗琪罗对他们并不满意。他辞退了他们，选择独自一人面对硕大的穹顶，只留下部分助手来进行机械方面的操作。

十二圣徒（米开朗琪罗将他们画成七位先知与五位女祭司）的宝座被制作成结构复杂的建筑支撑点，顶部沿着穹顶的弯曲处画着《圣经》中《创世记》的九个故事，从《神分光暗》到《挪亚醉酒》。另外，位于四个角落的扇形部分画上了《圣经》中的故事，半圆拱与覆盖在窗户上的弦月部分则绘有耶稣的祖先。尽管创作过程历尽艰辛，进展却十分迅速。据称，米开朗琪罗只需三天时间便可画完一个弦月窗。穹顶的完工仪式于1512年的诸圣节当天隆重举行。

创世记：神分光暗

Storie della Genesi. Separazione della luce dalle tenebre

1508年—1512年

湿壁画，155 cm×260 cm
梵蒂冈，梵蒂冈博物馆
《西斯廷礼拜堂天顶画》局部

　　米开朗琪罗到达罗马后，对于接下来几个月要施行的人物方案进行了设计并获得批准。他将在西斯廷礼拜堂穹顶最中心的部分画《创世记》中的九个场景，讲述人类在基督诞生前的故事。这些场景被绘制在建筑框架内，远比教皇一开始设想的穹顶仿古建筑装饰要复杂得多。场景大小并不一致，有的像拱顶一般宽大；有的则比较小，就像这幅作品一样，画的四周被几个焦躁不安的赤裸男人所包围。这些人物是《圣经》其他故事中的人，他们支撑着画出来的铜制圆形徽章。

　　米开朗琪罗并没有按照时间顺序进行创作，而是从礼拜堂入口处最后一个场景《挪亚醉酒》开始画起。《神分光暗》则是最后画的，这幅画描述的是上帝把光明从黑暗中分离开来，是上帝创造万物的开端，也是人类赎罪故事的初始。这是米开朗琪罗最后绘制的一幅画，表现了他高度成熟的技巧，而他个人风格中的宏伟性与戏剧性也逐渐显露出来。与上帝创造万物的其他场景一样，这里我们看到的也是一位万能的上帝，整个人物形象几乎占据了画面的全部空间，代表着世间所有能量之源与物质之父。

创世记：神创草木与日月星辰

Storie della Genesi. Creazione delle piante; Creazione degli astri

1508年—1512年

湿壁画，280 cm × 570 cm
梵蒂冈，梵蒂冈博物馆
《西斯廷礼拜堂天顶画》局部

　　从祭坛一侧起的三幅画都是有关上帝创造万物的场景。根据故事的发展顺序，在这里米开朗琪罗先用一个画面把两个情节一起表现出来。画面左侧可以看到造物主的背影，他的右手指向代表植物界的灌木丛，象征上帝在第三天创造了植物。画面右侧依然是造物主充满神力的手势，象征着上帝在第四天创造了"两大光源，大的管昼，小的管夜，又造众星"（《创世记》第一章，16节）。画面中出现了两个上帝，姿势相反，却相辅相成，代表这两个情节紧密相连。而这正是壁画想表达的叙事效果。

　　如同在西斯廷礼拜堂最后一个阶段绘制的场景一样，米开朗琪罗完全抛弃了史诗性的创作手法，只选取最关键的要素来表现，效果富有创造性又出人意料。整个画面看起来风势强劲，吹起造物主的衣服与鬓角，象征了上帝无边的力量。面对如此壮观的景象，观看者只能深深地感受到神力的奇迹与自身的渺小。这种感觉也正是环绕在上帝旁边的四个男性人物所表达出来的。而根据相关学者的观点，他们是四种元素被拟人化后的形象。

创世记：神分大地和大海

Storie della Genesi. Separazione della terra dalle acque

1508年—1512年

湿壁画，155 cm×260 cm
梵蒂冈，梵蒂冈博物馆
《西斯廷礼拜堂天顶画》局部

在第三幅画，米开朗琪罗选择了上帝创造植物前的一个场景。根据《创世记》（第一章，9、10节）中第三天的记述，上帝从水中将大地分离开来，赋予了大地和海水生命。与穹顶上其他的画一样，这幅画中的上帝身披宽大的紫罗兰色大袍，也许是象征着基督降临节和四旬斋僧侣们的衣服颜色。这两个节日分别用于纪念耶稣的出生和耶稣的逝世与复活，被人们用来忏悔与皈依教门。

画面中上帝依然是人类的形象，但这丝毫不影响他表现神的气质和超凡的能力。相反，他健壮有力的肌肉、果断夸张的动作及一切充满动感的细节，都毫无疑问地表明他是造物主，是世间一切的神。

飞翔中的上帝，双臂有力地张开，从他按照自己意愿而造的宇宙中苏醒，为世界增添缺乏的东西，使之趋于完美。他的下一步，将是按照自己的形象创造出完美的人类。

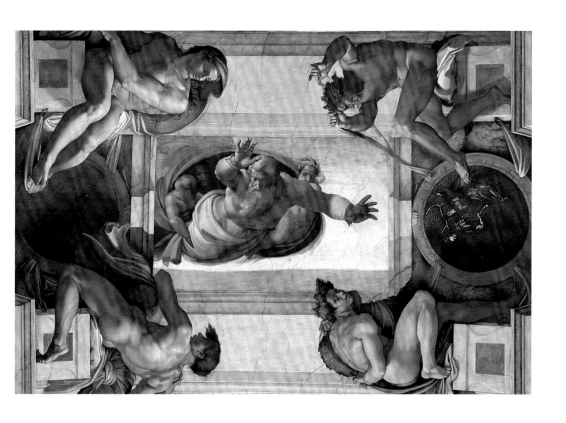

创世记：创造亚当

Storie della Genesi. Creazione di Adamo

1508年—1512年

湿壁画，280 cm×570 cm
梵蒂冈，梵蒂冈博物馆
《西斯廷礼拜堂天顶画》局部

　　毫无疑问地，这幅画作是西斯廷礼拜堂中最著名的一幅。《创造亚当》是1510年至1511年工程因资金不足和教皇忙于军事事务被中断后重新开工后的第一幅画。

　　1510年秋天，完成前半部分壁画后，米开朗琪罗一直等到下一年的夏天才重新开始绘制。这段时期虽然没有创作活动，但却非常重要，因为就在这期间，他的艺术思考模式发生了改变。由于脚手架的拆除，米开朗琪罗得以从下往上欣赏自己的作品，他的风格也因此发生了变化：人物的尺寸变得更大，画面显得更加宏伟；同时画面的构造逐渐变得简单，更加突出画面的紧张感与空间感。这些改变在这幅表现上帝创造人类的场景中，可以清楚地看到：两人悬浮在空中，上帝把生命传送给这个完美的人类，充分表现了完美与神力这两个主题，使这一刻成为永恒。亚当从无生命的混沌状态中苏醒过来，在小山脊上慢慢地将他强壮而灵活的身体伸展开。他的手指迟疑地伸向上帝静止的手指，他们的目光、意志与能量在静默中相互交换。

　　整个画面最关键的地方，就是在上帝的手指与亚当的手指间那微小的距离，仿佛从中迸发出了宇宙的火花、不竭的源泉与无尽的力量。

米开朗琪罗：不可逾越的成就

创世记：创造夏娃

Storie della Genesi. Creazione di Eva

1508年—1512年

湿壁画，170 cm × 260 cm
梵蒂冈，梵蒂冈博物馆
《西斯廷礼拜堂天顶画》局部

　　据孔迪维1553年出版的《米开朗琪罗传》中有关《创造夏娃》的场景的描述，"第五个场景是，上帝用亚当的一根肋骨创造了女人，她双手合拢前倾，跪向上帝，动作真诚，仿佛在感谢上帝，为他祈祷"。这是米开朗琪罗所画的上帝创造世界中的最后一个场景。

　　从场景的顺序看，这是上帝第一幅立于地面而非飘于空中的画面；但从创作顺序上说，这是米开朗琪罗最后一幅将上帝画在地面上的画。上帝的身影不再空灵缥缈，我们可以看到他巨大的体形，还有宽大的外袍。这让我们想起米开朗琪罗在青年时期曾向许多托斯卡纳传统的艺术大师学习，尤其令人想起画家马萨乔和布兰卡奇礼拜堂中许多出色的人物形象。上帝的手势依旧是一切行为的推动力，夏娃从熟睡中、尚不知情的亚当身边缓慢出现，上帝举起手臂让夏娃直起身体。这幅画第一眼看上去让人觉得构图十分简单，需要仔细观察后才能看出表现这三个人物之间关系交错的细微之处。岩石和树木突出的线条与亚当的姿势、夏娃的身体线条间，具有平行对应的关系。此外，亚当迟疑的手臂动作也与上一幅画相呼应。三个人物的头部也都以同样的方式沿着贯穿整个画面的对角线绘制而成。

创世记：原罪与逐出伊甸园

Storie della Genesi. Peccato originale; Cacciata dal Paradiso

1508年—1512年

湿壁画，280 cm × 570 cm
梵蒂冈，梵蒂冈博物馆
《西斯廷礼拜堂天顶画》局部

与《神创草木与日月星辰》一样，米开朗琪罗把两个不同的情节融合在了同一幅画中。画面左侧描绘的是《原罪》，而右侧则是《逐出伊甸园》。两个场景间的分隔线是善恶树，一边是蛇把禁果递给了亚当和夏娃；另一边是天使的手推着他们走向辛劳与苦痛，他的手势与蛇相对称。

事实上，《圣经》中这两个故事并不是相连的，但是米开朗琪罗将它们放在同一个画面中，意在强调这两个事件的因果关系，让画面更具有叙事效果。在表达事件的戏剧性方面，画面中的景色发挥了非常重要的作用：亚当与夏娃不忠诚的行为让周围发生了可怕的改变，所有的一切突然之间变得荒芜，树木光秃，与此前上帝赋予他们的那个富有生机的绿色乐园形成了鲜明对比，他们再也不能在乐园里幸福美满地生活。两个人物的形象也发生变化，反映出他们身体所受的苦难，以及为犯下罪行感到悔恨。

在所有灾难性后果中，人类身上的美也不见了，亚当与夏娃的身体变得大不一样：他们转瞬之间变得苍老，上帝赋予他们的健壮体格和英雄气概也消失殆尽。米开朗琪罗在这里参考了马萨乔（Masaccio）在布兰卡奇礼拜堂里《逐出伊甸园》中人物宏伟而立体的塑造效果。

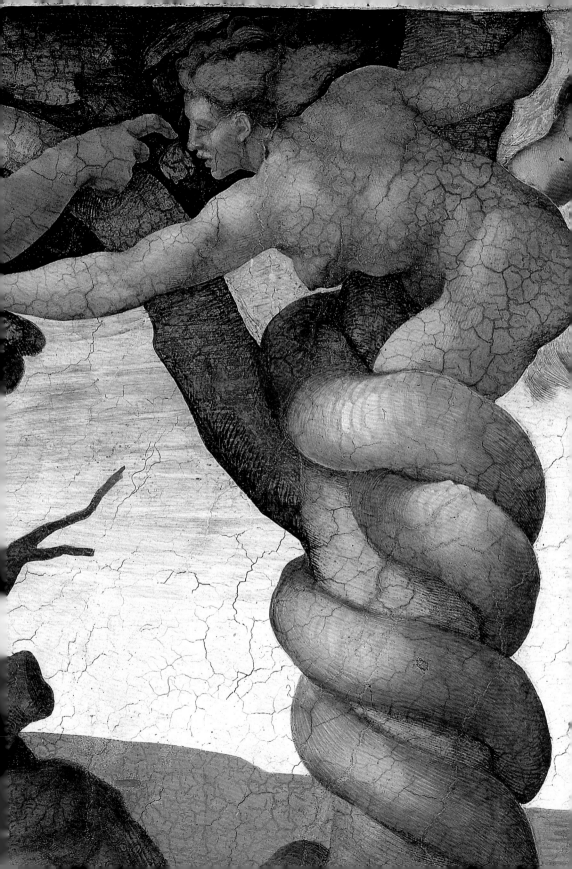

创世记：挪亚献祭

Storie della Genesi. Sacrificio di Noè

1508年—1512年

湿壁画，170 cm×260 cm
梵蒂冈，梵蒂冈博物馆
《西斯廷礼拜堂天顶画》局部

在这幅画中，米开朗琪罗出于构图的考虑，调换了《圣经》故事的顺序。根据《创世记》的记载，挪亚献祭的情节发生于大洪水之后，但米开朗琪罗将其提前，目的是为《大洪水》留出一格最大尺寸的主画区，后者因为要表现为数众多的人物形象而需要更大的绘画空间。

事实上，在天顶画的最后三幅，也就是最先完成的三幅主画面中能够明显地看出，米开朗琪罗在绘画过程中力求维持各幅画面间的平衡，他的构图样式随着创作的持续进行而发生了改变：比如在《挪亚醉酒》中，画面构图显得清晰而有序，与后一格中的《大洪水》所表现的充满整幅画面的动乱和不安，形成了鲜明对比。

米开朗琪罗对画中人物的安排方式进行了细致的研究，建构了平衡的布局，为表现人类继"原罪"和"大洪水"之后，重新获得上帝赐福这一主题，注入了新的活力。这幅画定格的情景，为挪亚在听到上帝指示他和家人一同走出方舟的声音后，"为耶和华筑了一座坛；拿各类洁净的牲畜、飞鸟献在坛上为燔祭"（《创世记》第八章第19、20节）。这个情节对于人类的救赎而言，具有非常重要的意义：事实上，正是从上帝为毁灭人类而降下的大洪水中幸存下来的挪亚的子孙，将会带领以色列人民前进，直至他们摆脱奴役并迎来基督的降临。

创世记：大洪水

Storie della Genesi. Diluvio Universale

1508年—1512年

湿壁画，280 cm×570 cm
梵蒂冈，梵蒂冈博物馆
《西斯廷礼拜堂天顶画》局部

　　这是米开朗琪罗最先绘制的画面之一，也是给他带来最多技术难题的一幅作品。尽管米开朗琪罗年轻时，便在数月时间内向吉兰达约兄弟习得了壁画技法，但这是他自从1505年因离开佛罗伦萨而中止对大型壁画《卡辛那战役》的绘制工作以后，首次面临如此大规模的装饰工程。

　　有相当数量的证据显示，米开朗琪罗在这项任务带来的巨大困难面前心灰意冷，甚至打算放弃。在所有难题之中，最先需要处理的是霉菌问题，这个难题在建筑师朱利亚诺·达·桑加罗（Giuliano da Sangallo）的帮助下得到了解决。此外，我们可以肯定，米开朗琪罗在创作这幅作品时，让一些助手帮他一起绘制。我们在助手的名单中找到了布贾尔迪尼（Bugiardini）和格拉纳奇（Granacci）的名字，但他们的工作想必让米开朗琪罗很不满意，因为他们被米开朗琪罗辞退了。

　　与米开朗琪罗在以后的日子里描绘的那些画面相比，这幅画在艺术风格上显现出了重大的差异，如人物形象的个头更小，而数目则多很多。但不管怎么说，作品中描绘的极度悲剧性场景非常震撼人心：从画中人物的身上，我们可以看出人类在面对如此灾难的事件时可能出现的一切反应。与其中一些人物的英勇行为并存的是，人类在求生存的本能驱使下做出令人发指的事。像是那震慑人心的父与子，年迈的父亲正以超乎寻常的力气将疲惫不堪的儿子万分艰难地擎于双臂之间，而船上的那些人，却试图用暴力阻止别人上船，置他人生死于不顾。

米开朗琪罗：不可逾越的成就

创世记：挪亚醉酒

Storie della Genesi. Ebbrezza e derisione di Noè

1508年—1512年

湿壁画，170 cm×260 cm
梵蒂冈，梵蒂冈博物馆
《西斯廷礼拜堂天顶画》局部

　　这是描绘《创世记》故事的最后一幅画面：继"创造宇宙及人类"（前五幅画作主题）、"原罪"和"上帝毁灭人类"（第六幅和第八幅画作主题）以及"重新获得上帝的赐福"（第七幅画作主题）之后，米开朗琪罗再次聚焦人性的弱点，暗示了救赎人类的愿望和为寻求救赎的实现而必须经历的艰苦历程。

　　和其他几幅作品（《原罪与逐出伊甸园》《神创草木与日月星辰》）所表现的一样，这幅画也同时描绘了两个连续的故事情节：在画面左侧较远处，挪亚正专注地在田地里工作，他将会在那里开垦出自己的葡萄园；在画面的中间，喝醉的挪亚赤身露体半躺在地上，正处于熟睡之中，他身后有一个巨大的葡萄酒酿酒桶；与此同时，站在画面右侧的儿子可汗叫来了自己的两个兄弟，用手指着父亲的难堪模样，做出嘲笑父亲的举动。相反，雅弗和西姆两兄弟正努力遮挡父亲的裸体，并试图赶走可汗。等待可汗的将是可怕的命运：挪亚醒来后，得知了可汗对他的不敬，诅咒了可汗及其所有后代。

　　符合解剖学原理的人体形象再次反映了人物的道德行为：两兄弟的身形和高尚行为，与罪恶的可汗的柔软而丰腴的身体形成了反差。

预言家：女祭司

Veggenti. Sibille

1508年—1512年

湿壁画，170 cm × 260 cm
梵蒂冈，梵蒂冈博物馆
《西斯廷礼拜堂天顶画》局部

在构成天顶画的三组画面的第二组中，画着五位女祭司的身形。她们是古代的人物，虽然属于异教徒的世界，但因为预言了基督的降临，而在基督教神学中具有和先知一样重要的地位。

在西斯廷礼拜堂中可以看到，预言家们分坐在12张高大的宝座上，每张宝座的两侧均饰有成对的裸体孩童的人像柱，它们所支撑的突出的上楣，正好将这组画面与中间那组描绘《创世记的故事》的画面分隔开。和绘于天顶中央的主画面所呈现的效果一样，随着向祭坛的逐渐靠近，女祭司的形象也变得越来越大：最靠近《最后的审判》所在的墙面的《波斯女祭司》和《利比亚女祭司》两幅画作，尤其显得气势磅礴。

利比亚女祭司究竟是正要拿起还是放下那本书？这个问题今天在我们看来完全无关紧要，但却让16世纪的评论家们为此着迷了很长一段时间。倒是利比亚女祭司为了托起书而不得不将身体扭转成螺旋结构的姿势，具有更为重大的意义：她以右脚的脚尖为支撑，微微抬起身体，同时坚定地向她的宝座所在的壁龛深处转过上半身。这个生动的造型会在之后的百年中获得非凡的成功，成为矫饰主义艺术的范本和灵感源泉。

而在利比亚女祭司的两侧，那些面向同伴而立的裸体孩童的所谓"雾化的侧面像"，也成为在矫饰主义艺术中得以广为流传的另一个样式图案。

LIBICA

Veggenti. Sibille

左图：
《德尔菲女祭司》
右图：
《库迈女祭司》

预言家：先知

Veggenti. Profeti

1508年—1512年

湿壁画，170 cm × 260 cm
梵蒂冈，梵蒂冈博物馆
《西斯廷礼拜堂天顶画》局部

　　与女祭司的画像交替出现的是先知的画像，他们也是因为预言了基督的降临而被绘制于天顶画中。和女祭司一样，先知们也能通过宝座下的那块写有名字的石牌被一一认出。他们的身形被描绘得强健有力，超过了真人尺寸的大小。虽然坐在宝座上的先知身体被挤进狭小的空间中，但他们却表现出了想打破空间束缚的冲动，贯穿着米开朗琪罗早在《皮蒂圆形浮雕》的圣母像身上就已尝试表现过的那种力量。

　　《先知杰里迈亚》绘于《神分光暗》的画面下方，与另一端的《利比亚女祭司》画像遥相呼应，其凝神深思的面部表情，好像透露出人物深邃的精神世界，给人留下深刻的印象。这幅作品常常被认为是米开朗琪罗具有象征意义的自画像，因为据说年迈的杰里迈亚沉浸在对原罪和救赎、死亡和重生问题的深刻思考之中，而这或许也是米开朗琪罗在独自一人时，习惯的思考与行为。

　　坐在低矮宝座上的先知不得已向前弓着身子，同时将两膝向外分开，似乎是想给结实的双腿稍稍多腾出一些空间。在先知身后的两个人物形象同样具有强烈的表现力，但他们的确切身份已无从知晓。

HIEREMIAS

Veggenti. Profeti

左图：《先知以赛亚》
右图：《先知但以理》

垂死的奴隶
被缚的奴隶

Schiavo morente
Schiavo ribelle

约1513年

大理石，高215 cm（每尊）
巴黎，卢浮宫

1513年，米开朗琪罗与尤利乌斯二世的后人，就这位原教皇的陵墓工程签订了一份新的合约。新议定的修建方案，所要求的不再是米开朗琪罗于1505年设计的那座庞大的陵墓，而是一座更注重可行性但却牺牲宏伟规模的陵墓建筑。和第一版修建方案中所设计的一样，陵墓的雕塑装饰华美至极，其中包括了许多比真人还大的雕像。在这份新合约的驱使之下，米开朗琪罗很快开始了工作，成功完成了这两尊奴隶像，也就是被铁链般的绳索束缚着、在19世纪被重新命名为"奴隶"的两个男性形象。

按照最初的设计，两尊雕像均应被摆放在陵墓的下层，倚靠着放置《胜利》寓言形象的壁龛两侧的立柱。预先规定的摆放位置决定了奴隶像的姿势，米开朗琪罗对此进行了研究，为的是强化它们所装饰陵墓的造型效果。《垂死的奴隶》表现深陷于体力殆尽、无法抗拒的精疲力竭之中；而《被缚的奴隶》则表现奋力抗争，试图挣脱束缚。若是被安放于立柱之前，其中一尊雕像将会给人沿着陵墓起伏分明的表面滑动的感觉；另一尊将会进一步增强陵墓的纵深感，并通过左肩与右膝向前倾的姿势，带给观赏者生动的接近感。要理解这两尊雕像的含义是一件困难的事情，就连米开朗琪罗的传记作者对此也看法不一：瓦萨里认为，"囚徒"象征尤利乌斯二世统治之下的人民；但孔迪维却认为，它们是教皇过世后沦为奴隶的艺术的化身。

复活的基督

Cristo risorto

1519年—1520年

大理石，高205 cm
罗马，密涅瓦神庙遗址圣母教堂

这尊雕像是出生于罗马的一个贵族家庭的梅太罗·瓦里在1514年向米开朗琪罗定制的作品。米开朗琪罗曾精心创作该作品的第一稿，描绘一个倚着十字架而立的真人尺寸的基督，然而在1516年作品几近完工时，以纯白色大理石雕成的基督的脸上却出现了一道明显的黑色石纹，于是不幸遭到被艺术家弃置的命运。但由于委托人极其看重这件委任的成品，因此又过了三年，在其反复要求下，已回到佛罗伦萨的米开朗琪罗重新着手创作雕像的第二稿。

《复活的基督》成功完成后，米开朗琪罗派自己的一名学徒将其运至罗马。学徒依照当时的习惯，在目的地对雕像进行最后的修补。不幸的是，他的所作所为不过是差点毁掉了这件作品，以至于米开朗琪罗不得不先让另一位名不见经传的雕刻师修补，尔后又亲自出马对其进行修复，米开朗琪罗对修复的结果一点也不满意，竟打算再雕制第三稿作品，但早已等候基督像多时的梅太罗·瓦里明智地欣然接受了这件作品。米开朗琪罗创作的《复活的基督》是整体一丝不挂的基督：遮挡胯裆的带褶的金色铜布条是后来被其他人加上的，因为特兰托会议制定了苛刻的贞节法规，就连米开朗琪罗后来为西斯廷礼拜堂绘制的《最后的审判》也未能幸免。

另一个特别有意思的地方是，基督的姿势呈现出复杂而有力的螺旋结构，再次表明米开朗琪罗拒绝重新使用已经尝试过的其他造型模式和探寻新的构图方案。

摩西

Mosè

约1513年—1515年

大理石，高235 cm
罗马，圣彼得锁链堂

对米开朗琪罗来说，尤利乌斯二世墓应该是他雕刻生涯中最重要的作品，但是持续不断的修改要求和层出不穷的状况，尤其是绘画作品的新委托，使得这项工程成为米开朗琪罗真正的噩梦。按照1513年确定的最初设计方案，陵墓的上层应当排列着一系列坐像，然而只有《摩西》得以完成。不过，正如阿斯卡尼奥·孔迪维在他的著作《米开朗琪罗传》（1553年）中所说的，"单单是这尊雕像就足以使教皇尤利乌斯二世的陵墓光彩夺目"。

为创作这件两米多高的作品，米开朗琪罗对这位《圣经》中的祖先的形象进行了细致的研究，最终雕成这尊相当于真人大小两倍（雕像是坐姿）的摩西像。在这件作品上，雕刻家米开朗琪罗的细腻刀法和精湛技艺表现得令人瞩目，人物身体的螺旋结构和头部的猛然转动，成功地将勃勃生机注入毫无生命力的石头。雄伟的身躯和威严的面部表情，还使这尊雕像成为代表米开朗琪罗式的"恐怖"的最典型作品之一。

摩西雕像的一个较为独特但又并不罕见的特征，是他头上的两只角：这源于《圣经》传说。据《圣经》记载，摩西下西奈山的时候，头上射出两束光。据说米开朗琪罗对《摩西》满意至极，以至于他在对其做最后的修改时竟对着雕像说："你为什么不说话？"就连他本人，也因这尊雕像栩栩如生的完美形象而惊叹不已。

四奴隶：
苏醒的奴隶、长胡子的奴隶、石块头的奴隶、年轻的奴隶

Quattro Prigioni detti Schiavo che si ridesta, Schiavo barbuto, Atlante, Schiavo giovane

1519年—1536年

大理石，分别高267 cm、263 cm、277 cm、257 cm
佛罗伦萨，美术学院美术馆

　　这组《四奴隶》群体雕像，是米开朗琪罗在16世纪末按照1516年制定的尤利乌斯二世墓的第三版设计方案开始创作的。在经过了15年以上的停工后，米开朗琪罗最终没能完成这些雕像。但是，尽管仍处于未完成状态——也许正因为如此——这四尊巨像，毋庸置疑地跻身整个现代艺术史中最具影响力的雕像之列。四个巨人所表现的都是他们为挣脱囚牢而做的反抗多多少少还有一部分被包裹在大理石石块中的裸体。《四奴隶》群雕表现出一股驱使它们从被禁锢的石头中挣脱出来的强大内在力量。这组著名而繁难的米开朗琪罗式的"未完成作品"使我们得以近距离地见证米开朗琪罗当年所设想的原原本本的雕刻过程。事实上，米开朗琪罗在创作过程中逐步剥离大理石，直至隐藏于石块中的人物形象完全露出为止。由于采用这种雕刻方法，一旦出错便无法修补，因此雕刻家必须对每一次落凿都有绝对的把握，创作的艰难程度可想而知。通过对《四奴隶》的观察，我们可以依次还原出作品加工的每一个阶段：从大部分仍隐没于大理石石块中的《石块头的奴隶》到几乎完全从石块中解放出来的《长胡子的奴隶》，我们能看出米开朗琪罗依次采取的各个雕刻步骤。他总是只从石块的一侧雕起；待凿离了周边的石料后，所创作的人物形象在被完全分离出石块以前，就已现出了轮廓。从1585年起，这组《四奴隶》群雕被安放于波波里花园的波翁塔兰蒂洞室内。到了1908年，它们又被移至佛罗伦萨美术学院美术馆，从此成为《大卫》像宏伟壮观的前导。

Quattro Prigioni detti Schiavo che si ridesta, Schiavo barbuto, Atlante, Schiavo giovane

美第奇礼拜堂·洛伦佐墓

Cappella Medicea. Tomba di Lorenzo

1519年—1534年

大理石
佛罗伦萨，圣洛伦佐教堂，新圣器室

  1519年，乌尔比诺公爵、美第奇家族的最后一位嫡系继承人洛伦佐二世英年早逝，同样出生于美第奇家族的教皇利奥十世，遂要求米开朗琪罗为其家族在圣洛伦佐教堂的翼部、与布鲁内莱斯基80年前所建的圣器室对称的位置，兴建一座墓葬礼拜堂。与洛伦佐的遗体同被安放于礼拜堂中的还有朱利奥·德·美第奇的兄弟、"奢华者"洛伦佐之子内穆尔公爵朱利亚诺的遗体。这是一项颇具挑战性的工程。

  米开朗琪罗设计的这间礼拜堂，兼具严谨统一的布局结构和悲伤感人的环境氛围。两座陵墓并非简简单单地靠在侧壁上，而是与墙壁融为一体，和建筑结构构成直接、动态和紧密的关系。乌尔比诺公爵的纪念像端坐于真正的石棺上方，流露出文艺复兴式的"忧郁"情感，以沉思形象永远为世人铭记。头部略微低垂、左手支撑下颌、双腿交叉静止的姿势，往往被解读为精神生活的象征，而这种基于新柏拉图主义的解释，在有关米开朗琪罗的评论文中得到了广泛的认同。不少假说认为，米开朗琪罗为作品赋予的寓意中，含有政治性的隐喻：于是，本应是陵墓雕塑最后一个组成部分的《江河》寓言形象的群体雕塑，就被看作是对美第奇家族统治扩张的赞颂。很显然，米开朗琪罗的作品意在提醒人们，光阴的流逝永恒而无法阻挡：除了通过河水永不停息地流动来表现外，这种光阴的流逝还在装饰石棺的那四尊"一日四时"雕像上得到了体现，下图中出现的便是其中的《暮》和《晨》。

米开朗琪罗：不可逾越的成就

美第奇礼拜堂·朱利亚诺墓

Cappella Medicea. Tomba di Giuliano

1519年—1534年

大理石
佛罗伦萨，圣洛伦佐教堂，新圣器室

在这件作品中，朱利亚诺·德·美第奇被刻画成双手抚着令牌，头部和双腿定格于和《摩西》极为相像的坚定姿态的形象。正如为洛伦佐像装饰了一顶造型新颖的帽子那样，米开朗琪罗在创作朱利亚诺像时再次进行了个性的发挥，采用样式独特的装饰图案，也就是这位内穆尔公爵胸前的面具浮雕。尽管呈现于我们眼前的身披古罗马铠甲的朱利亚诺并不是其真实容貌的再现，而是对他的理想化的描绘，但却表现得极为神似。

据一个民间传说记载，有人因这尊雕像与朱利亚诺的真实容貌相去甚远，对其加以批判，但自信这件作品会永世流传的米开朗琪罗却反驳说——后来证明他完全是正确的——从那以后的十个世纪中，再不会有人意识到这一点。石棺的下方安放着《昼》和《夜》两尊雕像：骇人的《昼》人物肌肉紧张而饱满，露出鬼魅般的恐怖面容；而美妙的《夜》则蜷曲着身子，正在深深的睡梦之中。《夜》的女性形象因其自然逼真受到了同时代人不绝的赞赏：一位诗人寄给米开朗琪罗一首十四行赞美诗，借诗句请求他唤醒《夜》，以一睹其焕发活力的姿态。米开朗琪罗在回信中用短短的几行诗句点明了《夜》和其他几尊雕塑相比所表现的不同，即她只在深深的睡梦中才能获得宁静："睡梦于我如此甜美，化作顽石更觉幸福／毕竟，痛苦和耻辱尚存世间。／不见不闻，无知无觉，我是无比幸运的／所以，不要唤醒我，噢，请你细语再轻声。"

美第奇礼拜堂·圣母和圣婴

Cappella Medicea. Madonna col Bambino

1519年—1534年

大理石，高226 cm
佛罗伦萨，圣洛伦佐教堂，新圣器室

当米开朗琪罗动身前往罗马、永远地告别佛罗伦萨时，美第奇礼拜堂尚未修建完毕。已经完工的雕像，其实是在别的艺术家的努力之下，才被摆放成了我们今天所能欣赏到的样子。

外号"特里波洛"的尼科洛·佩里克利（Niccolò Pericoli）负责将雕像安放于石棺之上，以及将米开朗琪罗创作的《圣母和圣婴》搬进新圣器室，而分列于这组作品两侧的雕像《圣徒科斯马》（1537年）和《圣徒达米亚诺》（1531年）则分别由乔凡安杰洛·蒙托索里（Giovannangelo Montorsoli）与拉斐尔·达·蒙泰卢波（Raffaele da Montelupo），依照米开朗琪罗的设计稿雕刻而成。在这组双人像中，以生动的坐姿表现的圣母正在给婴孩耶稣哺乳，而婴孩则转过身面朝母亲，做出吮吸乳汁的动作，身体呈现明显的螺旋结构。作品的主题并不具备任何新意：事实上，"哺乳的圣母"长期以来是被反复描绘的传统题材。

真正展现创新性的，是米开朗琪罗对这组作品的造型设计，他赋予了雕像内在的韵动感，给人留下了深刻的印象。身形修长的圣母玛利亚叠起双腿，同时转过上半身，使婴孩无须完全转向她就能够着她的乳房。圣母的头部略微倾斜的姿势，发挥了平衡构图的作用，和收藏于维奇奥宫的《胜利》雕像在构图效果上具有异曲同工之妙。同样表现了独创性的还有婴孩背对观赏者的造型，与米开朗琪罗年轻时创作的《阶梯上的圣母》中所表现的婴孩耶稣的形象如出一辙。

劳伦先图书馆

Biblioteca Laurenziana

1524年—1534年

— 佛罗伦萨，圣洛伦佐教堂

1519年，时任枢机主教的朱利奥·德·美第奇，也就是后来的教皇克雷芒七世决定修建劳伦先图书馆，但这项工程直到1524年才动工。图书馆选址于圣洛伦佐教堂建筑群的二楼，修建工作被委托由米开朗琪罗负责，然而他仅仅指挥并完成了初期的修建工作，便在1534年动身前往罗马，永远地离开了佛罗伦萨。由于克雷芒七世否决了最初提议的从天顶为图书馆采光的构想，米开朗琪罗不得不解决艰巨的技术难题，在两侧的建筑立面上开设窗户。除了必须提升入口处门廊的立面高度，以实现在那上面开设窗户的构想外，米开朗琪罗还必须解决存在于阅览大厅和门廊之间的地面高度落差问题。为此，他设计了一个长度大于宽度的门廊，并通过嵌入墙体之中成对的壁柱和装饰于墙面下部的巨大浮雕形态的壁柱托架，为其增添生动而新颖的风格效果。不过，这个狭小空间内的主体元素，却非那座通向阅览大厅的著名三段式大台阶莫属。构成阶梯的三段曲线形的踏面，赋予了台阶本身非比寻常的动势感：整座台阶——就像托尔纳伊所形容的那样——就像一股熔岩一般，正在沿着门廊的地面流淌开去。

米开朗琪罗离开佛罗伦萨后，又过了二十多年，瓦萨里和阿玛纳蒂（主要是后者）才依照米开朗琪罗的设计稿，完成了台阶的建造。而排列着木制方桌的深邃而宽敞的阅览大厅，在修建过程中也几乎原封不动地采用了米开朗琪罗的设计方案。

大卫-阿波罗

David-Apollo

约1530年

大理石，高146 cm
佛罗伦萨，巴杰罗美术馆

　　16世纪30年代初，随着美第奇家族重掌大权，拥护共和体制的米开朗琪罗被迫为教皇任命的佛罗伦萨城行政长官、残暴的巴乔·瓦洛里工作。瓦洛里当时正想翻新他的家族府邸，于是要求米开朗琪罗为其制作一尊雕像：这是米开朗琪罗首次为佛罗伦萨的大型府邸创作装饰陈设用的雕塑作品。然而，米开朗琪罗这件作品的主题，着实令人费解。雕像未完成无疑增加了其主人公身份的辨识难度，使得后人的判断多少带些臆测的成分。

　　按照瓦萨里的说法，这件作品表现了阿波罗从箭袋中取箭的瞬间；但一份写于1553年的财产清单却将其登记为"大卫像"。由托尔纳伊最先提出的一种假设认为，瓦洛里收到的这尊雕像可能是米开朗琪罗对自己先前创作的某件作品进行局部修改后的产物，即米开朗琪罗可能对早先创作的一尊大卫像进行了再加工，使之成为如今这尊阿波罗像。除了谜一般难以辨明的主题之外，这件作品之所以格外令人感兴趣，还在于米开朗琪罗为了凸显人物形象的立体感，出神入化地运用了对立效果。这种对立效果在雕像的手臂与双腿间得到极为完美的呈现：以上肢为例，可以注意到向前伸出的那条弯曲的手臂与微微后张的另一只舒展的手臂构成鲜明对立，下肢亦然。

　　此外，弯折于胸前的左臂将雕像的上部与身体的其余部分隔开，凸显了头部的动作姿态。富于动势的构图，使这尊雕像在矫饰主义艺术中受到大力推崇。

David-Apollo

左图：
雕像双腿
右图：
雕像上半身

胜利

Vittoria

约1532年—1534年

大理石，高261 cm
佛罗伦萨，维奇奥宫

　　这个雕塑人物的形象所表现的一些特征——如右臂的扭转和健壮有力的四肢——使人们联想到米开朗琪罗为尤利乌斯二世陵墓创作的《四奴隶》群雕。自从1505年陵墓的第一版修建方案问世以来，这项工程中就包含着一尊寓言"胜利"的雕塑作品。它将被安放在陵墓下层的其中一个壁龛之内，而分立它两侧的恰恰是《垂死的奴隶》和《被缚的奴隶》。另一些因素似乎也为这种假设提供了有力证据：这组雕像的尺寸与陵墓设计的要求完美吻合，而戴在那个年轻人头上的橡树叶桂冠，似乎暗示了德拉·罗韦雷（尤利乌斯二世的原名）的纹章。但是，没有确凿的证据可以证实这种说法，并且评论界也无法对其表示一致的认同。然而，可以肯定的是，在米开朗琪罗的佛罗伦萨作坊中被遗弃三十多年之后，这尊雕塑被米开朗琪罗的后人转赠给了科西莫一世·德·美第奇；他下令将其搬运至维奇奥宫中刚刚翻新的五百人大厅，雕像在那里被保存至今。

　　作为一件寓言作品，这尊雕像没有聚焦于战斗的场面，而是着重呈现出胜利者的姿态，将其刻画为一位英俊潇洒的年轻人的形象，塑造他用左膝牢牢抵住一个蜷缩着的大胡子老人的姿态造型。经由迥然不同的身形结构和情感流露的两个人物形象，更有效地强调并区分了胜利者与战败者的不同：胜利者的身体灵活地构成螺旋结构，明显展现出肌肉发达、英勇威武的特点；相形之下，被压得动弹不得的战败者的身体却显得松弛无力，与前者形成鲜明对比。从表现手法来看，米开朗琪罗再次采用对雕像表面差异化的处理方式：年轻人的身体被精心打磨光洁，而老人的身体却为了保留石料的粗糙质感而未经细致处理。

最后的审判

Giudizio Universale

1534年—1541年

湿壁画，1370 cm × 1220 cm
梵蒂冈，梵蒂冈博物馆，西斯廷礼拜堂

在教皇克雷芒七世去世以前，委托给当时已定居罗马的米开朗琪罗一项新任务，不久以后，继位的保罗三世重申这项委托：为西斯廷礼拜堂的祭坛壁绘制《最后的审判》。作品的设计阶段很可能始于1533年，但其真正动工却是在三年以后。经过四年多的艰苦作业后，这幅巨型壁画终于在1541年10月31日揭幕。气势磅礴的画面中心是高大的基督形象：正举右臂的他，以威严而决断的手势，唤醒挤满画面的四百多个人物，掀起了一阵将被选入天堂与被打入地狱者无一例外被席卷其中的旋风。事实上，这幅以绝对个人化观点描绘的《最后的审判》最令人震撼的特点之一，是它对传统创作模式的颠覆，即对天堂与地狱、救赎与判罪、有序与无序，不再加以清晰的划分。秩序与混乱的交错，好像不仅在那些行善者的身上得到了证明——他们任凭一股强而有力的上升力量，将其从画面底部带入天堂——而且还通过圣徒直达绘于壁画最上方那些托着象征基督受难的物件、极度不安的天使的形象，顺着视觉动线的引领而直接被观看到。

此外，人物裸体的形象——从画作揭幕之日起，便引发了激烈的争论——它削弱了圣徒与凶残堕落的恶者之间的差异，甚至于想要辨认各色人物和各个角色的身份，成为一件几乎不可能完成的任务。米开朗琪罗以《最后的审判》宣告一个时代的结束，彻底杀死了"米开朗琪罗本人曾经通过天顶画中的裸体人物，高声颂扬的、对人文主义和早期文艺复兴充满信心的那个坚强的人"（斯蒂芬尼·祖菲《文艺复兴绘画》，2005年）。

圣保罗的皈依

Conversione di san Paolo

1542年—1545年

湿壁画，625 cm×661 cm
梵蒂冈，梵蒂冈博物馆，保利内礼拜堂

　　西斯廷礼拜堂的壁画工程宣告完工，保罗三世便要求米开朗琪罗为教皇的私人礼拜堂绘制《圣保罗的皈依》和《圣彼得受钉刑》。保利内礼拜堂的壁画所描绘的主题，是年迈的米开朗琪罗在他的职业生涯中，特别是在他开始与"维泰博俱乐部"的改革派人士常有来往以后反复表现的题材。他之所以选取皈依和殉难作为两幅壁画的主题，并不是为了激励人们效仿圣徒，而是为了暗示对基督教信仰的核心内容的反思。

　　《圣保罗的皈依》好像是特别为教皇而创作的：扫罗（圣保罗皈依前的俗家名字）的容貌与《圣经》的记载有很大出入，他被描绘成一个老人的形象，使人想起了绘制于同一时期的提香笔下的法尔内塞（保罗三世的原名）的面容。从马背上摔下后，躺在地上的双目失明的扫罗——像极了拉斐尔为梵蒂冈宫的赫利奥多罗厅绘制的同名人物形象——只能尽力遮住自己的脸，试图挡住体格健壮的基督射出的光芒。

　　米开朗琪罗以透视缩短的手法绘制《圣保罗的皈依》，与画面下方圣保罗的马表现出了同样的透视效果。基督的手势所发挥的作用，并非照亮整幅画面，而是将绘画空间从纵向一分为二：上帝之子的突然现身，使得跟随圣保罗前往大马士革的人群队伍纷纷向画面中绵延的丘陵逃散，而画面上方的天使则被分在两侧，围绕在基督左右。

圣彼得受钉刑

Crocifissione di san Pietro

约1546年—1550年

湿壁画，625 cm×662 cm
梵蒂冈，梵蒂冈博物馆，保利内礼拜堂

　　这件作品是米开朗琪罗继《圣保罗的皈依》之后绘制的另一幅壁画，描绘了圣彼得被钉上十字架后，即将被士兵们竖起的瞬间：圣彼得向上转过头来，完成了他生命中的最后一个令人伤感的动作，将强而有力的目光对准了观画者。

　　与《圣保罗的皈依》不同的是，基督并没有出现在画面之中：荒芜的背景、略显肥大而失真的人物形象、面对恐怖酷刑的孤独的圣彼得，甚至高耸的地平线和几近消失的天空，都在向我们诉说这样一个事实——上帝没有现身。可以说，在殉难和死亡面前，圣彼得是彻底孤独一人，很不幸地没能得到上帝的出手相助。作品的构图，不再遵循文艺复兴时期的透视原理，因为艺术家不再渴求对自然的模仿和对现实事物的真实再现，因而也自然地越来越不注重对这种技法的运用。景色和人物被推到画面的最前方，明显地表现出画面缺乏深度感；围观的群众好像是凭空冒出来似的，被画面的边缘截成两半；作品的色彩虽然已变得模糊不清，但仍显得刺眼与不协调，更加凸显了充斥着整幅画面的荒凉与迷茫之感。

　　多年之后，米开朗琪罗仍对他年轻时所仰慕和学习的那些15世纪佛罗伦萨绘画大师的传道与授业念念不忘：画面中央那个蹲着掘坑者的形象，使人不禁回想起马萨乔笔下的人物。这两幅壁画是米开朗琪罗绘制的最后两幅画作，完成了保利内礼拜堂的工程后，米开朗琪罗再也没有拿起过画笔，反而全身心地投入建筑设计和城市规划的工作中。

圣彼得大教堂穹顶

Cupola di San Pietro

1547年—1564年

梵蒂冈，圣彼得大教堂

被保罗三世任命为圣彼得大教堂的总设计师后，米开朗琪罗将他最后的那些岁月献给了为梵蒂冈这座教堂修建穹顶的工作。他去世时，这项工程仍未完工，但能够看到有相当一部分的鼓形柱已修筑成形。穹顶完成于1588年至1593年间，当时负责这项工程的是建筑师及雕塑家贾科莫·德拉·波尔塔（Giacomo della Porta），建造方案在他的手中经历了根本性的变动。

米开朗琪罗在设计这座穹顶时，主要的宗旨是增加这座重新建造的教堂建筑形态的统一性。为了达到这个目的，他知道该上哪儿去汲取灵感：事实上，佛罗伦萨的圣母百花大教堂的穹顶就是最重要的典范。和布鲁内莱斯基的设计一样，米开朗琪罗最终也选择了双顶盖式的结构——外层顶盖比内层顶盖拥有更大的曲率——并安装肋拱。除了建筑结构和设计风格的相似外，还有一些数据也证实，米开朗琪罗有意模仿佛罗伦萨的那座穹顶：在一封写于1547年7月30日的信中，米开朗琪罗要求他的侄子列昂纳多测量布鲁内莱斯基建造的穹顶的尺寸。

不过，在这诸多的相似之中，同样可以注意到米开朗琪罗的设计拥有一些显著的差异，如他对罗曼式肋拱的大量使用（16根）。他之所以采用这种设计，很可能是因为他想为这座动态效果极强的穹顶注入活力。因此，他的设计理念是尽可能减少对扶壁的使用，在环绕鼓形柱和灯笼式天窗双柱的烘托之下，赋予整座穹顶旋转的动态感。

佛罗伦萨圣殇

Pietà

约1549年—1555年

大理石，高226 cm
佛罗伦萨，大教堂美术馆

晚年的米开朗琪罗，对雕塑领域鲜有涉足，他在那一时期创作的作品，几乎全是供他个人使用，而非受人所托的商业作品。被表现最多的题材便是"圣殇（玛利亚哀悼耶稣）"，它是贯穿艺术家整个晚年独特而强烈的精神思想的写照：随着死亡的临近，米开朗琪罗觉得自己需要对原罪和救赎进行深入研究，因此就基督牺牲自我、拯救人类的问题，展开了长期而真诚的深思。

这尊《佛罗伦萨圣殇》，是米开朗琪罗为自己的坟墓设计的雕像，但若不是他忠心的学生提贝里·卡尔卡尼（Tiberi Calcagni）坚持继续雕凿，这件作品永远也不会完工。事实上，它是少有的几件作品中，其"未完成性"能被归咎于"失误"，或可说是处理得不够成功的作品之一。从创作的第一天起，米开朗琪罗就在棘手的问题上做困兽之斗，而造成这些困难的原因，在于石块的质地过于坚硬。当大理石中出现一处无法修补的瑕疵时，年迈的他终于绝望了。而在他的一次暴怒中，他终于愤怒地拿起锤子，砸坏雕像。雕像所遭受的损毁，在今天仍清晰可见：可以注意到，在基督左臂的肘部有一道裂痕，而本该架在圣母左腿上的基督左腿，也全然不见了踪影。卡尔卡尼从米开朗琪罗那里获赠了这尊已被废弃的雕像后，对其再度进行加工，主要完成了玛利亚·马达莱娜的雕像。但他所作的是一件拙劣的作品，不仅艺术风格毫无表现力可言，而且与其他几个人物的雕像比例也很不相称。而出自米开朗琪罗之手的基督像令人为之动容，成为整个构图的真正核心。在这组金字塔形的雕像顶部，约75岁的米开朗琪罗以内心深受痛苦的自己为范本，雕刻出了尼科德莫的面容。

隆达尼尼圣殇

Pietà Rondanini

约1554年—1564年

大理石，高195 cm
米兰，斯福尔扎古堡，斯福尔扎市立美术馆

　　这件雕像是米开朗琪罗生前创作的最后一件作品。在被运至斯福尔扎古堡以前，它被收藏在罗马的隆达尼尼宫中，因此便有了现在的这个名字。凿刻一座与佛罗伦萨表现同一主题的作品，无疑是米开朗琪罗在经历了之前作品的失败而产生的想法。与之前的作品一样，米开朗琪罗关心的是同一个重点，即圣母与死去的基督的关系。再次围绕这个主题开展创作，米开朗琪罗描绘了圣母试图拉住儿子无力的身体、不让他滑向地面的情景。一张画着几幅样稿的草图显示，米开朗琪罗最初的设计与现存的作品相去甚远。创作之初，米开朗琪罗打算雕凿一尊表现圣母有力地背着耶稣向前垂下的身体的大理石像。然而就在作品几近完工时，他竟决定更改构图设计，舍弃原本的工作设计及快要完成的成果，其中的一个残存部分——原本是为耶稣凿刻的一条手臂——仍然可以在作品上看到。除了腿部保留原样外，米开朗琪罗对雕像进行了彻底地改变，把原本属于圣母的身体换给了基督，并对原基督像的左肩和胸部重新进行加工，凿刻出圣母的部分身体。

　　最终，这件作品因圣母、圣子感人的融合而震撼人心。圣母像不再发挥支撑耶稣像的作用，两人好像结合成一个环抱的结构，尽管从基督不由自主地弯曲的双腿可以看出，圣母的环抱并无法阻止耶稣无力的身体继续下滑。在这件作品中，年逾八旬的米开朗琪罗将自己的创造力发挥到极致，甚至超越了自我：直立的圣母、圣子的构图是全新的试验，与传统"圣殇"题材作品的构图相比极为不同。

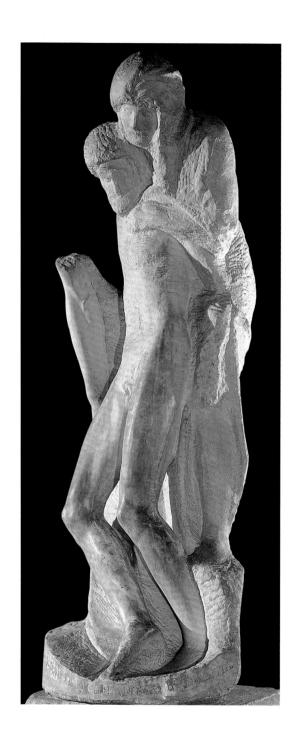

Pietà Rondanini

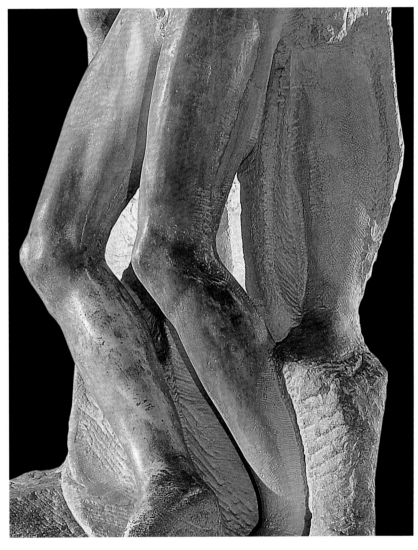

艺术家与凡人 | L'UOMO E L'ARTISTA

走近米开朗琪罗

传奇的塑造：
米开朗琪罗和他的传记作者

1550年3月，刚刚步入75岁高龄的米开朗琪罗收到了一份与众不同的生日礼物：乔尔乔·瓦萨里在委托佛罗伦萨印刷商洛伦佐·托伦提诺出版的专著《艺苑名人传》中，加入了他为米开朗琪罗撰写的传记。这件事充分表明，年事已高的米开朗琪罗享有显赫的声誉：其传记不仅使他成为首位在世时便被立传的艺术家，而且讲述了从契马布埃到他本人的这段时期内，意大利艺术的卓越发展历程——这正是瓦萨里撰写这部传记的目的——米开朗琪罗占据整整一卷的篇幅（全书共三卷），因为伟大的、无可匹敌的米开朗琪罗被瓦萨里视为艺术史上真正的巅峰。

天才艺术家的传奇，在米开朗琪罗去世前就已早早诞生了。尽管在造就这个传奇的众多因素中，艺术家用凿刀和画笔成就了成功的光环，当仁不让地引领风骚、拔得头筹；但是在其漫长的人生旅程和艺术生涯中发生的那些既曲折又离奇的事件，同样功不可没。

早在16世纪中期，米开朗琪罗的才华就已得到世人的公认，即使是那些对他诽谤得最起劲的流言散布者，也对他的艺术才华确信不疑；但从古至今的艺术历史经验告诉我们，单凭出众的才华和能力，并不足以确保在有生之年集盛名、财富于一身。米开朗琪罗无疑是走了"霉运"，因为他生在一个政治、宗教和文化都在经历剧烈动荡的年代。然而在动乱面前，他并没有选择明哲保身，而是承受着巨大的痛苦和对艺术的热情，并投身其中，这越发为他赢得了世人的爱戴；同样可以肯定的是，在介绍约同一时期的其他艺术家的故事中，也能——至少是一部分——拾得许多有关米开朗琪罗性格和事迹令人津津乐道的片段。究竟是什么原因使这个传奇能够如此迅速地诞生和流传，而且时至今日依然经久不衰？虽然我们无法给出唯一的答案，但可以肯定的是，天才艺术家米开朗琪罗是这个传奇的第一个，同时也是最有力的推动者。

自青年时期以来，在写给亲属、朋友和保护人的不计其数的信件中，米开朗琪罗就不断地向他们讲述自己的心情，讲述在那些年中折磨他的忧愁和痛苦；他常常利用书信的往来，表达他对和自己有关的事情的看法，尤其是当他觉得这些事——比如他负责的许多有始无终的工程——会使他遭受非难或误导外界对他的看法时。他由此留给人们的印象是内心不安但意志极其坚定，即使在形势对他不利、委托人对他态度冷淡，甚至委托人对已委托的项目彻底丧失兴趣、迫使他放弃手头的工作时，他也能够全心全意地献身于因对艺术的热爱而无法抑制的激情中。

在他似乎处处陷于不利、最困难与最黑暗的

那些日子里，他以愤怒的口吻在信中提出严厉的控诉，同时激动地为自己的行为辩白，就好像要使人们清楚地了解，他是既无辜又不被理解的受害者。通过他浩繁的书信里激切的言辞，可以感受到他力求为自己开脱所有罪责，并显示了自己超强的抗压能力和明确意念。

同样的意念，还隐藏在他在世时，别人为他而写的第二部传记之中。这部署名阿斯卡尼奥·孔迪维的传记出版时，离瓦萨里的第一版《艺苑名人传》问世才过了三年时间。孔迪维是一位来自马尔凯的画家，他之所以能名垂后世，靠的显然不是他那平庸的绘画才能，而是因为他在罗马居留时得以在这位伟大的托斯卡纳艺术家身旁工作，并与之建立了深厚的友谊。尽管我们对孔迪维的了解十分有限，但由我们所掌握的信息足以证实，撰写这部文学著作，并不是他的主意，而且无论是作品内容的选取，还是与他亲笔书信文笔迥异的优美文辞，都无法被认为是他的作品。

按照评论界的说法，孔迪维是在两位重要人物的指导下完成这部传记的：写作风格上的指导来自与法尔内塞家族关系密切的杰出作家安尼巴莱·卡罗，而内容上的指导则来自米开朗琪罗本人。

比较孔迪维和瓦萨里的两部传记，要想知道它们截然不同的原因，就必须弄清米开朗琪罗亲身参与这场文学事业的动机。孔迪维在序言中，

为我们提供了答案：他希望写出一本真实可靠的传记，使年轻的艺术家们能够从中获益，但其主要的目的是消除由"某些写过有关这位天才艺术家的作品但却对其了解不深的人"所散播的可怕误解。这句话所指何人，其实再清楚不过，它同时也揭示了米开朗琪罗对瓦萨里出版的《艺苑名人传》颇为不满。

孔迪维重新立传：有其背景因素

尽管瓦萨里的作品中洋溢着对他的赞美之辞，但米开朗琪罗却为一些与他在自己的信件中一贯坚持的解释相悖的错误说法而深受伤害。最令他难以承受的莫过于有关尤利乌斯二世陵墓的内容，这是艺术家真正痛苦的所在。在讲述事实真相的需求的驱动下，米开朗琪罗毫不犹豫地授意并指导自己忠心的学生孔迪维重新立传，以期所有事件有"正确"的说法。

从这个意义上来说，孔迪维对所述内容的精心选取，具有至关重要的意义：他一方面详尽地记录了米开朗琪罗走上艺术道路的第一步，和自1505年起为尤利乌斯二世设计的宏伟陵墓工程；另一方面却对米开朗琪罗在吉兰达约兄弟的画坊做学徒的内容一笔带过，并且对其创作于成熟期后期的作品表现得漠不关心。

事实上，所谓的"陵墓悲剧"是这部传记

的核心，围绕其展开的叙述内容翔实，构成了整部作品中最为生动和精彩的部分。我们由此清楚地看到了米开朗琪罗为自己重新立传的原因：为一桩折磨他长达四十年之久的事件提供自己的说法。在孔迪维的这部传记出版前的漫长的四十年中，他需要忍受陵墓工程的反复停工、修建方案的多次更改和来自教皇后人的越来越刺耳的辱骂和指责。因此，整部传记是为替米开朗琪罗辩护而撰写。

在这种背景下，委托人违背艺术家的意愿、执意要其接受新的委托项目的说法，似乎就成了对这项工程未能完工原因的一种令人信服的解释：在态度强硬、反复无常的委托人的逼迫下，米开朗琪罗只得放弃建造陵墓，转而致力于别的工作。在艺术家创作于这一时期的作品中，除了《圣马太》和为美第奇家族陵墓创作的雕像外，孔迪维细心地略去了其他所有未完成作品的介绍：随着岁月的流逝，记忆中大量未完成的作品，好像使米开朗琪罗比任何时候都更心烦意乱。孔迪维的《米开朗琪罗传》，不仅使米开朗琪罗得以公布他所坚信有关他自己的事实真相，而且还为他提供了一次救赎的机会，而救赎的对象或许是传记的潜在读者，或许也包括米开朗琪罗本人。

追寻天才的事迹：谎言与剽窃

米开朗琪罗去世后才过了四年，他的第三部传记就问世了。此次出版的是经过扩充和修正的瓦萨里的《艺苑名人传》第二版，由佛罗伦萨的印刷商吉恩蒂承印。不过，为了阅读其中米开朗琪罗的传记，读者不必再买下这一版《艺苑名人传》的全部三卷，而是可以购买仅在一个月后就以小册子的形式发行的相关章节的分册，其内容与完整版无异。

很显然，艺术家的去世使得人们追捧这位传奇天才的热情进一步高涨；在此之前，瓦萨里亲自参与并组织了米开朗琪罗隆重的佛罗伦萨葬礼，也见证了民众为其欢呼、称他为"完美者"的情景，因此深知可以利用他显赫的声誉产生的影响，向想详细了解米开朗琪罗的生平事迹、同时对别的艺术家或许没有如此大的兴趣的民众出售自己的作品。

读了新版《米开朗琪罗传记》的内容后，人们很快就会注意到，它与瓦萨里的前一版《米开朗琪罗传记》之间，存在重要的差别。显而易见的是，瓦萨里在《艺苑名人传》初版问世后的十八年中，设法深入地收集更多资料，尤其是通过与米开朗琪罗建立的密切联系，为自己获得第一手的信息提供保证。然而事实上，他在撰写自己不熟悉的内容时，只要像初版那样模棱两可地表述，也就不至于马上让人看出错来。尽管瓦萨里在1543年游览罗马期间设法结识了米开朗琪罗，但是两人当时的关系还没有亲密到能让他向米开朗琪罗随意发问的地步。

此外，瓦萨里在撰写初版时，手边没有任何书面资料，他掌握的信息似乎主要来自一些朋友的口述，而那些朋友与米开朗琪罗或多或少都有过近距离的接触。这其中包括了弗朗西斯科·格拉纳奇和朱利亚诺·布贾尔迪尼，他们早在米开朗琪罗为西斯廷礼拜堂绘制天顶壁画时，就曾当过他的助手。从他们口中只能得到仅限于某些特定时期的信息，因为两人只是在天顶画的创作初期辅助过米开朗琪罗，之后便被大师辞退了。

因此，瓦萨里的前一版传记对米开朗琪罗的青年时期和他在16世纪20年代定居佛罗伦萨的这个时期做了极为完整和详细的记录，然而当谈到米开朗琪罗在罗马的遭遇和他在1547年（这似乎是传记完稿的那一年）以前活跃于艺坛的那些岁月时，就只能泛泛地一笔带过。

在最令米开朗琪罗受伤的初版传记的谬论中，有一些说法——特别是有关他为尤利乌斯二世服务的内容——对他造成了尤为巨大的打击。瓦萨里对事实的歪曲得如此严重，以至于米开朗琪罗逃离罗马的事件竟被放在了他正忙于为西斯廷礼拜堂绘制天顶装饰画的那个时期，而更离谱的是，瓦萨里还臆断了这一事件的原因，将其说成是米开朗琪罗拒绝让教皇在天顶画完成之前看到它。由此可见，瓦萨里知道米开朗琪罗和尤利乌斯二世之间发生过激烈的争执，但他对于造成这种矛盾的真正原因却一无所知。在他看来，使得米开朗琪罗深受痛苦的陵墓工程和他逃离罗马的著名情节之间，没有丝毫关系。

而在新版《艺苑名人传》中，瓦萨里得以填补了这些意义重大的情节的空白，主要是依靠他在1550年至1554年米开朗琪罗为尤利乌斯三世服务期间，成功与其建立的日常的联系。正如米开朗琪罗此前对孔迪维进行过写作上的指导，可以想象得到，伟大的艺术家在这时也乐意花费一部分个人时间，向瓦萨里讲述其"真实的"生平事迹。

然而，这部1568年版传记内容丰富的一个重要原因，却是瓦萨里未加改动地盗用了孔迪维所著的《米开朗琪罗传》的整个文本。评论界多次谈到了这种真正的文学"掠夺"：瓦萨里一点也不打算说明自己的资料来源，只顾盗用已出版的孔迪维的《米开朗琪罗传》的整个文本，包括它的结尾。更过分的是，瓦萨里仅有一次提到孔迪维的作品，却是为了指责后者忽略了米开朗琪罗在吉兰达约的画坊里当过学徒的事实。

对此，他详细地引用了一段关于多梅尼科的记载来证明自己是正确的。瓦萨里此举的目的是借机宣扬他的著作的权威性。在引用那段记载时，瓦萨里想"让人们知道，我在过去（在初版中）所写的和现在将要讲述的内容都是实情"（《艺苑名人传》，1568年）。他还吹嘘了他和米开朗琪罗的亲密友谊："我相信，没有人比我与米开朗琪罗交往更密切，没有人是他更亲密的朋友和更忠诚的仆人。"以此表明——他在最后写道——他所讲述的内容绝对忠于事实真相。在天才艺术家逝世几个月之后，曾受欢迎的1550年版《米开朗琪罗传记》，因其内容歪曲事实而给米开朗琪罗造成的痛苦，好像与瓦萨里已没有太大关系了。

为佛罗伦萨共和国而生的
大理石"巨人"

1501年8月16日，佛罗伦萨羊毛同业公会和大教堂理事会共同委托米开朗琪罗为大教堂后殿的扶壁制作一尊大卫像。众所周知，在这项任务中，米开朗琪罗被要求使用委托人指定的一块巨大的大理石进行创作。而在此之前，雕刻家阿戈斯蒂诺·迪·杜乔和贝尔纳多·罗塞利诺已先后在15世纪70年代和80年代尝试过用这块巨石雕刻大卫像，但是他们在动工后不久都宣告放弃，因为石块的原始形状和质地不优良，给雕刻工作带来了巨大的困难。尽管缺乏相关的数据记载，但可以猜想得到，经历了两位艺术家的创作之后，这块巨石已经显现出了几分人形轮廓：当米开朗琪罗承接这项委托时，这块为佛罗伦萨人所熟知的巨石已得到了"巨人"的名号。在随后的三年里，米开朗琪罗投入繁忙的工作中，为完成这尊注定会与其创造者同被记录于传奇的宏伟雕像付出了辛勤的努力。这尊雕像和米开朗琪罗的生平经历一样，也具备了造就传奇的所有先决条件：除了米开朗琪罗所处理的棘手的技术难题和这尊巨大的人像所表现的无可辩驳的雄伟之美外，在《大卫》的历史中，还有许多事情使得这件作品更令人着迷。

时至今日，每天依然有成千上万的游客在佛罗伦萨美术学院美术馆的门前排上数小时的队，只为近距离地欣赏这件美得令人叹为观止的作品。从动工之日起，《大卫》的制作就被一种神秘的气息所包围，而这种神秘感——可以想象得出——很可能是由急迫地期待着这座"巨人"完工的佛罗伦萨市民所引发。在城市中，米开朗琪罗的作品在罗马大获成功的消息广为流传；见米开朗琪罗愿意承受如此严峻的考验，佛罗伦萨人很可能上千遍地猜想过，这位创作了梵蒂冈的《罗马圣殇》和《酒神巴库斯》的艺术家，究竟有没有能力完成这项艰巨的任务而获得殊荣，又将如何面对迎面而来的挑战。不过，答案要经过一段漫长的等待才会揭晓：米开朗琪罗对前期的创作过程严加保密，亲自在大教堂理事会的大院内里修筑了一堵封闭的围墙，将试图窥探的目光拒于墙外；唯有到了1503年6月23日，在庆祝佛罗伦萨守护神的圣乔凡尼节前夕，才向公众打开工作室的大门。此后又过了一年，雕像终于完

工，但它的放置地点却发生了改变：《大卫》不再安放于圣母百花大教堂外的扶壁中，而是放在了维奇奥宫前的广场上，用以取代多那太罗的《犹滴和荷罗孚尼》。

自此以后，这个"巨人"不再是佛罗伦萨的宗教生活核心，而是成为重生的佛罗伦萨共和国跳动的心脏。事实上，《大卫》的放置地点在很大程度上取决于它被赋予的意义，按照佛罗伦萨当局的解释，这尊雕像是强有力的政治象征。当然，大卫像在佛罗伦萨享有悠久的传统，从中世纪晚期起就象征着佛罗伦萨人民反抗强权的精神：大卫是正义的化身，他仅以投石器和对上帝的信仰武装自己，最终战胜了强大的恶敌。因此，大卫的形象很容易使人联想到捍卫自由和公共利益，同时又得到上帝眷顾、受人民爱戴的佛罗伦萨共和政府。考虑到佛罗伦萨刚刚走出充满剧烈动荡的时期，米开朗琪罗的《大卫》被认为是——用佛罗伦萨总督的首席传令官的话来说——重建的佛罗伦萨共和国及其不屈不挠的英勇精神的最佳"标志"，也就不足为奇了。

然而，《大卫》放置地点的确定根本没有预想的那么简单，佛罗伦萨当局不得不组建一个委员会，将这个问题交由委员会裁决。当时活跃于佛罗伦萨的最杰出的艺术家都被召集到了委员会中，其中包括列昂纳多·达·芬奇、桑德罗·波提切利、朱利亚诺·达·桑加罗、科西莫·罗塞里、皮耶罗·迪·科西莫、菲利普·利皮、安德烈亚·德拉·罗比亚和皮埃特罗·佩鲁吉诺。除了波提切利主张将《大卫》放在大教堂附近，其余所有参与讨论的艺术家一致赞成把它放在领主广场，但他们之中也进一步分化出两派意见：究竟是放在维奇奥宫的门前，还是放在奥卡尼亚凉

廊（后来被称为兰兹凉廊）的下方。不乏和朱利亚诺·达·桑加罗持相同看法的人，从保护艺术品的角度论证其观点，力主为《大卫》选取一个非露天的存放地点。

1504年1月25日，委员会做出最终的决定。最后选定的方案很可能是因为米开朗琪罗本人的支持才在委员会获得通过，因为他付出的辛勤劳作终于为他带来回报，使他享有举足轻重的地位。接下来要做的，就是把《大卫》从大教堂理事会搬运至领主广场。这是一项相当复杂的工作，历时好几天才完成：当局动用四十多人搬运和看守这尊巨大的雕像，并为此设计了一个复杂的运输装置。《大卫》还在运送途中，就有抗议其强烈象征意义的市民向它丢掷石块。不幸的是，这并不是它厄运的终止：从1512年被雷电击中，到1991年被一个精神错乱者用锤子砸坏左脚期间，《大卫》遭受了各式各样的损伤，包括长期的日晒雨淋对它造成的自然损害。为了保护这件艺术珍品，佛罗伦萨当局于1870年决定将它迁移至美术学院美术馆，使它在那里被收藏至今。1873年7月31日，《大卫》被装在一节木制的车厢内，踏上了自它诞生以来的最后一段旅途，恍如三百多年前的情景再现：被严密守护的《大卫》，在民众的强烈抗议声中，穿过了佛罗伦萨的街道。

米开朗琪罗年轻时的伟大梦想

在孔迪维所著的《米开朗琪罗传》中，记载着两件离奇的事情，乍看之下，还让人以为它们是米开朗琪罗或他那忠实的传记作者捏造出来的。第一件事是米开朗琪罗待在卡拉拉采石场期间，曾萌生将一座山头雕成一尊能为航海者导航的巨像的念头。根据孔迪维的记载，这个古怪的想法可能诞生于1505年冬季至次年春季，米开朗琪罗那时正在为尤利乌斯二世的陵墓挑选大理石。第二件事则是关于奥斯曼帝国的苏丹的一个请求。米开朗琪罗宣称，在1504年至1506年间，奥斯曼帝国的苏丹请他在佩拉和君士坦丁堡之间建造一座横跨金角湾的大桥。由此看来，刚刚三十出头的米开朗琪罗好像一头栽进了稀奇古怪又遥不可及的伟大梦想之中，或许是因为他先后在罗马和佛罗伦萨取得的成就，带给他极大的鼓舞。

事实上，这两个计划都在他完成《大卫》后不久问世，而《大卫》的揭幕，使梵蒂冈的《罗马圣殇》为他赢得的声望得到进一步的提升。然而在1550年，这两件事对于年事已高的米开朗琪罗而言，竟重要到他授意孔迪维将它们收入为他而作的传记的地步，可能是因为这两个计划蕴藏着他无限憧憬但却从来未能实现的年轻时的梦想。不仅如此，在一本于16世纪被某人在页边空白处以手写的方式做注记的孔迪维版的《米开朗琪罗传》中，又有两处注记专门提到了这两件事。卡罗琳·伊拉姆在她的研究〔《关于阿斯卡尼奥·孔迪维：〈米开朗琪罗传〉（1553年）》，乔凡尼·南乔尼编，1998年〕中指出，虽然旁注中没有出现撰写人的姓名，但从它们普遍采用以"他对我说……"开头的句式来看，可以认为这位未具名的作注者——可能是雕刻家提贝里奥·卡尔卡尼——与米开朗琪罗的关系十分密切，这样他才有机会和大师一起校阅孔迪维的作品，并随后记录下他的评论。

从这些旁注中我们可以体会到，米开朗琪罗对于他的传记中所讲述的事情——包括雕刻巨像和建造金角湾大桥的计划——并非总是给予积极的评价。对于前一个计划，米开朗琪罗称之为"疯狂之举"，但他同时也表示，只要能再多活几年，他就会将这个计划付诸实现。至于后一个计划，他十分肯定地说，他甚至为此制作过一个模型。这两件看似微不足道的事，无疑使我们更近距离地看到了他凡人的一面和艺术家的一面。事实上，这两个计划向我们展示了米开朗琪罗的真实性格，和他对于艺术创作过程的思考方式。通过雕刻巨像的计划可以发现，米开朗琪罗有意仿效并试图超越古典时期的艺术家，创作出一件——至少是在他的想象中——能与古代奇迹相媲美的艺术作品，这使人不禁联想到罗德岛的太阳神巨像或——根据维特鲁威的记载——伟大的狄诺克拉底想在阿索斯山的半山腰上建造的亚历山大大帝的巨像。米开朗琪罗在凝望阿普亚内山的山峦美景之时，构想出了这个计划。这件事也证实了他对雕刻艺术的个人解读，即雕刻是一门"逐渐凿去多余的石料，直到被禁锢在大理石中的雕像完全露出为止"的艺术。

至于苏丹请他建造金角湾大桥一事，几封寄给米开朗琪罗的书信证实了这个说法。在信中，米开朗琪罗被邀请前往君士坦丁堡一游。同样令人感到意外的是，米开朗琪罗早在16世纪初就已在考虑承接一项宏伟的建筑工程，相比他正式迈入建筑这项艺术领域——受命为圣洛伦佐教堂修建立面，要早了好些年。

臆造的米开朗琪罗之泪

"就这样，米开朗琪罗再度陷入了'陵墓悲剧'。这次的情形非但没有比前一次有所好转，反而要糟得多，无尽的烦恼、不悦和痛苦接连袭来。更糟的是，由于某些人的恶意诋毁，他还背负上了恶名，历经多年才将其洗刷干净……米开朗琪罗于是重新开始工作，从佛罗伦萨调来了大批工匠……但他还没有取得太大的进展，就痛心地看到这项工程被再度叫停，因为继尤利乌斯二世之后担任教皇的利奥十世，想用大理石制的雕塑作品装饰圣洛伦佐教堂的立面……他想让米开朗琪罗为自己服务。利奥十世召见米开朗琪罗，让他绘制一张设计图，最后还因为这个原因让他前往佛罗伦萨，担负起这项工程的重任。米开朗琪罗已将其满腔的热情和心血倾注于尤利乌斯二世的陵墓之中，因此竭尽所能推托，并提出自己受到与枢机主教桑迪夸特罗和阿吉南塞所订契约的约束，无论如何不能违约。但教皇心意已决，回答他说：'让我来对付他俩，我会让他们满意的。'于是，教皇召见了这两位枢机主教，逼迫他们与米开朗琪罗解除契约，这使他们和米开朗琪罗都痛苦万分……但教皇向他们许诺，他无意阻止陵墓的修建，米开朗琪罗可以在佛罗伦萨继续从事这项工作。就这样，米开朗琪罗泪别陵墓工程，去了佛罗伦萨……"（《米开朗琪罗传》，1553年）。

通过这段叙述，阿斯卡尼奥·孔迪维向世人讲述了尤利乌斯二世的陵墓工程，在这位教皇过世后所经历的波折：这项工作因1513年2月米开朗琪罗与尤利乌斯二世的后人签订的新契约而得以恢复，但时隔仅四年后，又因米开朗琪罗转而筹建圣洛伦佐教堂而再度停工。众所周知，这既不是米开朗琪罗第一次也不是他最后一次为应付别的委托任务而将陵墓工程搁置一旁。早在1508年，西斯廷礼拜堂装饰工程的启动，就使尤利乌斯二世陵墓的修建工作退居次要地位，而在该世纪30年代和40年代，圣洛伦佐教堂的工程和西斯廷礼拜堂祭坛壁的装饰壁画《最后的审判》又先后将米开朗琪罗从陵墓工作中拉走。伴随着艺术家与委托人间永无休止的冲突和争执，这座陵墓至1544年才完工。尤利乌斯二世墓的第一版修建方案定稿之初，米开朗琪罗曾将这项工程视作展现自己最高艺术成就的绝佳机会，然而从孔迪维的记叙里可以推知，他此后的40年人生却是在悲惨中度过的。如果说，起初他是因教皇热衷于圣彼得大教堂的重建和梵蒂冈宫的翻新于是冷落陵墓工程的态度而怒火中烧，那么随着岁月的日渐流逝，越发强烈的无力感和悔恨感充斥在他的心头，使他最终陷入了绝望难以自拔。

16世纪30年代和40年代初，是这场悲剧的巅峰时期。当时，米开朗琪罗不仅被指责以卑鄙的手段骗取了大笔金钱，而且还被指责用修建尤利乌斯二世陵墓所获取的酬金发放高利贷，甚至于他辛苦设计的这座陵墓也为他招致羞辱，许多同时代的人对这座陵墓大失所望，认为它不配作为对已故教皇思念的寄托。内心深受伤害的米开朗琪罗在痛苦中挣扎，他感到自己孤立无援、四面楚歌，感到自己受尽冤屈、恶名缠身，感到自己被这场似乎永无休止的悲剧折磨得身心俱疲。好像只有书信的写作能为他带去一丝慰藉，因为他能在信中尽情地为自己辩护。

人生最低潮之书信中表白

1542年，他似乎遭遇了人生的最低潮。在一封写给一位身份已无从查考的人物的信件中，米开朗琪罗以这样的语句描述自己的心情："我觉

得失掉了自己的整个青春，我被这座陵墓拖累，尽我所能与教皇利奥十世及克雷芒七世抗争；我所不愿承受的过分信任促成了我的毁灭……我这么做是出于对陵墓工程的热爱，但我由此得到的，却是被前所未有的愚昧之徒写作盗贼和高利贷主……拜托，尊敬的阁下，如果您有时间，就请读一读这个故事，并请相信我所说的话，您要知道，我所写的绝大部分事情都仍有见证人可寻。即使是教皇看到这个故事，他也会感到欢喜。要是全世界都能看到它该有多好，因为我所写的都是实情，与世上的流言相去甚远。我不是放高利贷的强盗，而是高尚的佛罗伦萨公民，是一个正派人的儿子……"（《米开朗琪罗书信集》，1983年）

米开朗琪罗最终感到为自己辩白的迫切需要，他知道自己对批评所持的态度，并非无可非议。尽管他以建设资金不足为由，不懈地向教皇及其后继者发起指责，称资金短缺到了——他评价说——害他破产的地步；但有关财产的研究证明，事实上，他收到的酬金数目比他在书信中声称的要多得多。同样，在他"被迫"承接圣洛伦佐教堂的立面工程后，据说他曾流泪的情节也极不可信。不少书信和其他书面数据显示，米开朗琪罗在接受克雷芒七世指派给他的各项委托工作时，根本没有流露出不情愿的感觉；而类似的情况，还有许多例子是他本可以推辞新下达的委托任务，如《西斯廷礼拜堂天顶画》和《最后的审判》就是这其中的两例。他为了坚守陵墓工程而抗争的勇敢而坚定的形象，尤其显得像是一种"绝望的"——用某些感人的诗句中的说法——自我辩护。因此，他感到极度痛苦的缘由，是他发觉自己遭到误解和委屈，却又意识到他的辩解

在世人眼中很难站得住脚。

事实上，在对他加以批判和指责的那些人中，不乏与这件事毫无关系的局外人，而一些与他有密切联系的人物——如安尼巴莱·卡罗——竟然也出现在其中。1545年，尤利乌斯二世陵墓完工仅一年后，彼得罗·阿雷蒂诺在寄给米开朗琪罗的信中，对他提出最恶毒的诽谤：贪得无厌，忘恩负义，盗用资金。这还仅仅是在阿雷蒂诺的书信中所能见到其中的一些形容词，而阿雷蒂诺并不满足于对他痛加斥责，还以激烈的言辞对这座完工的陵墓表达了极度的鄙视。谈到这个问题的不只阿雷蒂诺一人。事实上，米开朗琪罗发现，对圣彼得锁链堂内的这件陵墓作品持不满意看法的人数正在大幅增加，甚至有人拒绝承认米开朗琪罗是雕像《利亚》和《拉结》的原作者，而评论界竟然也支持这种假设性的说法，即使一些能证明它们出自米开朗琪罗之手的文献资料在19世纪出版后，仍有人对此深信不疑。毫无疑问，这个由米开朗琪罗本人所创又由孔迪维加以推广的词语，用来定义这起事件，看来并非过其实："陵墓悲剧"最终演变成了一场注定会在这位天才艺术家的人生和历史传记中烙下深深印痕的真正"悲剧"。

梵蒂冈宫墙内的纷争、阴谋和嫉恨

1505年，米开朗琪罗抵达罗马教廷。当时的他已声名在外，但他所享有的声誉，极有可能使他在同为教皇服务的艺术家中很不受欢迎。这位伟大的托斯卡纳雕刻家的出现——很快就接到了为教皇建造一座规模宏大的陵墓的委托——实际上，对所有渴望在野心勃勃的尤利乌斯二世面前得宠的艺术家来说，都是一个威胁，会阻碍他们获得能使自己名垂千古的新工程。多纳托·布拉曼特在那时担任教皇的御用建筑师，他和米开朗琪罗之间的全面战争不久将要爆发。就在陵墓工程的契约签订数月后，尤利乌斯二世决定开始重建圣彼得大教堂的宏伟计划，并将它交由布拉曼特负责时。

1506年春，米开朗琪罗结束了在卡拉拉采石场的长达数月劳累的工作返回罗马，听到这个消息后目瞪口呆。已备妥大理石、满怀期待的他，很快就目睹了自己梦想的破灭：刚回到罗马，他就发觉自己的这项庞大工程不再处于尤利乌斯二世关注的重心，尤利乌斯二世如今对圣彼得大教堂的工程表现出了更为浓厚的兴趣。伴随着这个痛苦的发现，米开朗琪罗展开了他的第二著名的事迹，"逃离罗马"，回到了他深爱的佛罗伦萨。然而教皇随即向佛罗伦萨接连下达了三份敕令，严词要求米开朗琪罗返回罗马。

布拉曼特进谗言，疑似从中作梗

从他离开罗马到他在1506年深秋与尤利乌斯二世重新达成和解的那几个月里，米开朗琪罗不仅将怒火对准了教皇本人，而且也对准了布拉曼特。他越来越坚信，唆使教皇转移兴趣的不是别人，正是这位御用建筑师。在米开朗琪罗看来，布拉曼特很可能向教皇进言，使其相信在生前修建陵墓是不祥的征兆。两人的首次真正交锋由西斯廷礼拜堂天顶的装饰工程而起，对此，佛罗伦萨石匠及建筑师皮耶罗·罗塞里在他于1506年5月10日写给米开朗琪罗的信中加以证实。几天前，罗塞里出席了梵蒂冈宫内举办的一场晚宴，而布拉曼特也出现在同席者之列。席间，教皇告诉在座的所有人，他想委托米开朗琪罗从事一项工程。但布拉曼特几乎没等教皇说完他的计划，便迫切地表达了自己的想法，不仅对米开朗琪罗的技术能力大加质疑，认为他看起来根本不擅长壁画的绘制；而且还指出，米开朗琪罗缺乏大型装饰画的创作经验，"因为他没有画过多少人物形象，顶多是一些缩小的瘦长的人物，这和绘制完整的作品完全是两码事"。（《米开朗琪罗书信集》，1983年）

罗塞里意识到了布拉曼特的险恶用意，激动地跳起来替好友米开朗琪罗辩护，称自己可以肯定，米开朗琪罗一定会接受教皇的委托，而且能够成功地完成这项工作。罗塞里转述的这段晚宴中的谈话表现出双重意义：一方面，它证实了布拉曼特采用阴谋诡计对付米开朗琪罗；另一方面，它却对米开朗琪罗的传记作者所持的观点提出否定。按照传记中的说法，把这项装饰工程交由米开朗琪罗负责的主意，正是布拉曼特提出的，因为他深知米开朗琪罗创作壁画的经验有限，所以试图以这种方式让他彻彻底底地失败一回，好让教皇清楚地看到米开朗琪罗的才能不过尔尔。又一次，历史数据似乎向我们暗示，至少在某些情况下，米开朗琪罗在接受教皇向他下达的委托时，并没有像他的传记作者陈述的一样，对于这些委任是那么不情愿地接受。

当布拉曼特的好友及同乡拉斐尔·圣齐奥在1508年到达罗马的时候，米开朗琪罗的对手的数目注定又会多出一个人：布拉曼特和拉斐尔很快发起了一场"倒米"运动，意图通过败坏米开朗琪罗的名声，使他在教皇面前失宠。米开朗琪罗在写于1542年的那封著名的书信中对此提出了控诉，并且断言："我与教皇尤利乌斯二世之间所有过的一切不和，皆因来自乌尔比诺的布拉曼特和拉斐尔的嫉妒而起；他们俩为了毁掉我，便令我在教皇有生之年无法继续为他建造陵墓。拉斐尔说得没错，教皇拥有的一切艺术作品，都是从我这里得到的。"布拉曼特和拉斐尔的敌对态度，让米开朗琪罗感到愤怒和强烈的不满，他毫不犹豫地进行回击，既在其书信中，又借其传记作者——特别是忠实的孔迪维——之笔对两人发起猛烈的批判，不仅痛斥他们的恶劣行为，而且将他们的艺术才能贬得一无是处。

最具说服力的是，孔迪维讲述了布拉曼特在西斯廷礼拜堂内为绘制天顶画的米开朗琪罗建造脚手架失败的章节：布拉曼特完工后，米开朗琪罗发现这台脚手架根本没法使用，只好自己又重新建造了一台。根据孔迪维的记叙，这件事不仅证明了布拉曼特才能平庸，而且还使他"学会了如何建造脚手架……这个技能的掌握，令他在后来建造圣彼得大教堂时受益良多"。（《米开朗琪罗传》，1553年）

"神圣的"佛罗伦萨葬礼

1564年2月18日，89岁高龄的米开朗琪罗在他位于罗马的马切尔·德·科尔维广场的住所中溘然长逝。这个消息迅速传遍了整个佛罗伦萨。尽管科西莫公爵尽了最大的努力想把这位伟大的艺术家请回故里，但很可惜的是，这座城市没能在他生前获得这份殊荣。一直以来，对共和体制怀有坚定信仰的米开朗琪罗，谢绝了科西莫公爵向他发出的每一次邀请，即使科西莫公爵开出的条件看起来那么令人难以抗拒——例如公爵为庆祝佛罗伦萨在艺术上取得权威地位，同时也为了纪念美第奇王朝伟大的艺术品委托人和艺术赞助者所发挥的作用，在创办佛罗伦萨绘画艺术学院之初，便曾邀请米开朗琪罗担任院长一职——他也不为所动。

对于佛罗伦萨人而言，迎回米开朗琪罗的遗体，从而能以应有的隆重仪式安葬他，虽不属于他们的义务范围，但也成为他们的当务之急。米开朗琪罗去世后没过几天，他的侄子列昂纳多·博那罗蒂就赶到了罗马，其任务是负责将米开朗琪罗的遗体运回佛罗伦萨。这项工作被瓦萨里在第二版《米开朗琪罗传》中记叙得——我们可以说——明显夸大。根据瓦萨里记载，罗马人本想把米开朗琪罗安葬在圣彼得大教堂，因而拒绝了列昂纳多的要求，迫使列昂纳多在一个罗马的冬夜里，趁着夜色悄悄偷走了米开朗琪罗的遗体。装有米开朗琪罗遗体的棺木抵达佛罗伦萨后，立即被送往圣十字广场，在佛罗伦萨绘画艺术学院代理长官维琴查·博尔吉尼的主持下举行了盛大的开棺仪式。虽然作为葬礼第一幕，这场仪式已然隆重至极，但比起1564年7月14日由美第奇家族出资在圣洛伦佐教堂举行的米开朗琪罗的葬礼，却显得简朴得多。

与其说是一位艺术家的葬礼，倒不如说这场仪式更像一位君主的葬礼。教堂的内部以交替排列的庄重的黑色帷幕和描绘有米开朗琪罗生平事迹的叙事画板华丽地装饰着：在教堂的正中间，竖立着雄伟的灵枢台，上面装饰着米开朗琪罗精美而复杂的墓葬画作和肖像雕像。在这场盛大的仪式中，贝内代托·瓦尔齐担负致悼词的任务，他在悼词中赞颂了"神圣的米开朗琪罗·博那罗蒂的美德、功绩、一生及作品"。米开朗琪罗的社会地位因这场国葬而获得提升。在佛罗伦萨宣告他为"神圣者"的那一刻，天才艺术家的传奇得到了决定性的认同。

谁是圣人？天才卑微的一面

在关注日益显耀的天才艺术家传奇的同时，有必要介绍一些最新的研究成果。这些研究着眼于米开朗琪罗凡人的一面，向我们揭示了毫无神圣性可言的米开朗琪罗的弱点。除了性情暴躁、易发脾气、永不知足，米开朗琪罗还长期遭受着解释不清的内心矛盾的困扰。在这之中，有两处矛盾表现得极为突出，涉及他对金钱的态度和他与家人的关系；而且这两方面也具有紧密的联系。在米开朗琪罗的《书信集》和《回忆录》中，存在反复出现的对金钱——或者更准确地说，是对缺钱——的暗示。从他的书信中可以看出，米开朗琪罗其实是在赤贫的家庭中诞生，又在赤贫中辞世的。然而，拉博·哈特菲尔德对其银行存款及地产所展开的调查显示，米开朗琪罗成功地累积了一笔巨额财富。为了搞清他所谓的不得不处于贫困境遇，究竟有几分是真、几分是假，只需仔细察看他过世的第二天在他位于马切尔·德·科尔维广场的家中编撰而成的财产清单即可。

起初，这份清单似乎证实了米开朗琪罗的说法：他的住所中既没有珠宝，也没有别的艺术家的作品，只有一匹马、两张床、几件衣服和一些日常用品。但是在他的卧室中，人们发现了一只上锁的木箱，一经打开，会让所有人大吃一惊：在木箱之中，存放着足够买下一栋贵族豪宅的钱，因为这笔钱的总数甚至超过了埃莱奥诺拉·迪·托莱多在1549年为购买皮蒂宫而支付的款项总额！实在让人无法理解究竟是什么原因，能使一个如此富有的人过着悲惨的、连简朴也谈不上的生活。多亏了他的父亲和他的几个兄弟的书信，我们才了解到，米开朗琪罗习惯在花钱时精打细算，而他节省的生活作风已经发展到了不可想象的地步。

正如孔迪维所说，米开朗琪罗常常不脱靴子就上床睡觉，而这种描述恰恰是被用来形容穷苦之人的。在这个古怪的举动背后，很可能隐藏着性格方面的原生原因——肯定是吝啬和贪婪的个性，使他对自己的财产产生了扭曲的印象——但还存在更为复杂的动机，而这些动机需要与米开朗琪罗及其家人间含糊而紧张的关系相联系后才能了解。米开朗琪罗对金钱的着迷，恰恰是因博那罗蒂家族深陷的贫困境遇而产生的。他对消费的负面情绪，很可能是他所怀有改变家人的命运、为他们留下一笔可观的遗产的强烈愿望造成的结果。可是，他却常常拒绝帮助自己的父亲和兄弟，理由是——根本没法想象——他自己也缺钱。而在另一些时候，他会要求他们归还自己过去赠予他们的金钱，甚至还会对他们提出指责，不是说他们想靠压榨他辛苦劳动为生，就是说他们无耻地利用了他的慷慨大度。

令人费解的遗产：
对"未完成性"的解读

米开朗琪罗作品的复杂性，使评论家的工作变得格外艰难。首先，冒出的问题总会与"未完成性"有关。这种属性是米开朗琪罗的雕刻作品具备的最易引发争论的特点之一。从瓦萨里的时代开始，所有走近米开朗琪罗的艺术领域的评论家，都对他留给后世的大量未完成的雕像进行过思考，并且证实，除了简单地采用与米开朗琪罗不相干的或不受其控制的因素作为解释外，还必须为雕像的"未完成性"寻得另一种解释。他们由此而列出的假设，堪称五花八门：有人把"未完成性"的原因，归结为米开朗琪罗对作品丧失兴趣；也有人从"未完成性"中看出，这是一种使雕像更具表现力的方式。

一些学者搜寻米开朗琪罗复杂的个性，试图找出使他未能完成那些特定作品的原因，并着重指出，许多未完成的作品都是米开朗琪罗在其内心感到强烈不安的那些时期创作的。此外，我们不应该忽略米开朗琪罗不满足的个性，因为这种个性也可能在某些情况下，阻止他完成已经动工的作品。另一些解释则围绕他的创作手法详细展开，由于米开朗琪罗在设计和雕刻的各个阶段中，总是准备随时改变作品的模样或进行即兴创作，因此其创作手法也可能导致"未完成性"显现于作品的最后形态中。

事实上，米开朗琪罗作品的"未完成性"，与雕像创作过程的理念具有紧密的联系。对他而言，雕像的创作在于削减，而不是增添，也就是在把雕像从石块内部逐渐剥离出来的过程中，对它不断地进行修改，而不是按照预先设计好的方案来雕刻作品。因此，米开朗琪罗一旦发现不太可能雕刻出所希望的人物形象后，使他继续的动力就不复存在了。

评论文选集

大卫雕像　尽善尽美

　　米开朗琪罗为了制作大卫雕像，先用蜡制作了一个模型，表现了一个手握投石带的年轻大卫，设想将它作为佛罗伦萨的城徽，为的是使治理佛罗伦萨的人，像大卫一样懂得必须勇敢地守卫这座城市，并且公正地治理它……这件作品使从古到今的所有雕像——不管是希腊的还是罗马的——都黯然失色。换句话说，无论是罗马的《玛律福里》，还是美景宫庭院中的《台伯河河神》或《尼罗河河神》，抑或是马山（奎利那雷山的原名）上的巨像，无论任何方面都无法与米开朗琪罗以高超的技巧创作的这尊如此高大和富于美感的雕像相提并论。因为从大卫雕像之中，可以看到极为优美的腿部线条和匀称而轻盈的完美胯部。它美妙而优雅的姿态，达到了前无古人、后无来者的完美境地，再也没有任何一件作品能将腿部、手部和头部与躯干如此完美而均衡地衔接在一起，能在构图上达到如此的协调。

乔尔乔·瓦萨里
《由契马布埃至当代最优秀的意大利建筑师、画家、雕刻家的生平》（又名《艺苑名人传》），1550年

超越真实　境界卓越

　　青年时期，他敢作敢为、自尊心强、桀骜不驯；年老之后，他一改天生的性格特点，成为一位思想家，一个谦卑的基督徒。年轻时，米开朗琪罗尽情地施展自己的才华，将其发挥到极致。在他生命的最后时刻，他超越了自己艺术的最高点，达到了基督教普世主义的境界。

　　在艺术事业的推动下，他从一开始就在追求通过艺术形象传达内在意义的理念，而这种对艺术的思考方式，促成了他全新创作理念的产生。艺术家不再是受到既有模式——也就是自然——的模仿者，而是成了第二创造者，即犹如神的存在，他能在自己的作品中超越可被看见的自然，进而揭示出"真正的自然"。然而在他人生的最后时期中，在他成为热忱的基督徒后，米开朗琪罗背离了这个崇高的理念。在他晚期的作品中，他不再追求对完美和理想事物的描绘，而是试图从上帝的角度观看世界，描绘出超越我们所在的这个真实世界的另一个真实世界。

　　他所拥有的独特动力，是对最高境界和理想的"热切渴望"。"我永远向天上飞翔""我渴望到天上去"，他在诗作中这么写道。但是，他之所以能达到最高境界，不是没有付出过努力，而是通过一种缓慢的感情净化。这种境界的逐渐升华，是米开朗琪罗内心的实质和"原型"，无论是在其作品中还是在其个性的发展过程中，都得到了相同程度的证实。

查尔斯·德·托尔纳（Charles de Tolnay）
《米开朗琪罗》，1951年

忧郁个性　造就传奇

实际上，他生活在一个充满社会、政治和宗教冲突的时代。这个时代中，人们对于超越性的信仰已经逐渐减弱，与此同时重新认识到唯一真实的价值存在于自然和历史的世界中。然而，米开朗琪罗同时对自然和历史感到不满，认为它们都不足以满足人类的需求。因此，他试图建立一座桥梁，从隐藏的价值直接通向艺术形象，而不需要经过模仿、叙述和描述的过程。

然而，米开朗琪罗并不满足于仅仅模仿、叙述和描绘，而是试图直接将内在价值与艺术形象相联系，创造出一座桥梁。他就像一位炼金术士，一方面希望能够从虚空中创造黄金，另一方面却不愿意将这项技术用于牟利，而且在纯粹的研究过程中，也因为贪婪而不肯轻易放弃黄金。他以非传统的方式追求这种理念，但却受到了世俗和人类情感的影响。然而，如果不是因为这些影响，我们可能只能欣赏到《酒神巴库斯》和《摩西》，而无法体验到《四奴隶》《隆达尼尼圣殇》以及其他未完成的作品中所蕴藏的艺术感受。在那种情况下，我们所拥有的将仅仅是米开朗琪罗的现实成就，而不是他的幻想和创造力。

欧杰尼奥·巴蒂斯蒂（Eugenio Battisti）
《雕刻家米开朗琪罗》，1964年

天顶壁画　效果奇佳

天顶画作为《新约》故事画面的预示和先导，米开朗琪罗究竟想用它表达什么？换句话说：如果不将其拆解为独立的画面，而是从整体角度来解释，那么天顶画中到底描绘了什么？仔细观察最近的修复工作，已经清理出的画面部分，可以清晰地看到，先前被厚重的污物和油脂层所遮盖的建筑结构在画面构图中具有重要的象征意义，它与人物形象形成了密切的联系，就像尤利乌斯二世陵墓原本应该呈现的那样……尽管那些小型的故事画面也描绘在建筑装饰线脚中，但在建筑结构之外的画面两端，却绘有一片没有边框的蔚蓝色天空，与《创世记》故事中的天空相融合。在《圣经》故事的画面中，似乎不存在成比例的透视关系：无论是建筑物还是重叠排列的物体，都无法让人合理地估测这个空间的大小，就像15世纪的叙事绘画作品——特别是基督教故事的作品——所表现的那样。在天顶画中，一切似乎都有一种脱离画面的趋势，这要归功于明确的空间布局和精确的光影效果。经过修复，画面的阴影部分变得清晰可见，看起来就像独立于整幅画面的单独画作。

然而，这种如此明显且几乎具有程序化效果的画作，从空间和光影的限制中突破出来，具有何种象征意义呢？它是否与梵蒂冈的《罗马圣殇》所描绘的那种"景象"相关——这种景象不是通过感官感知，而是通过智者之眼的洞察所获得的……在创作过程中，米开朗琪罗并没有追求对自然的简单模仿，而是遵循了内部矛盾与协调对立面的创作原则。

布鲁诺·康塔迪（Bruno Contardi）
《西斯廷礼拜堂》，摘自《米开朗琪罗》，1987年

形象艺术　超越容貌

如果贝尔尼称赞米开朗琪罗为"新的阿波罗和新的阿佩里斯"，那么现代读者在米开朗琪罗的诗歌中寻找他作为艺术家的痕迹，似乎永远是个不变的尝试。他们一再思考他在诗歌中提到的坚硬的石头和雕刻。然而，米开朗琪罗将所有涉及外貌的诗歌都没有收录到诗集中，尽管这些诗歌正是贝尔尼如此赞赏的"事物"。这种选择可能与一种诗歌艺术观点一致，这种诗歌艺术观点与瓦尔奇在1547年的两次学术讲座中的第二次所表达的观点相似："诗人主要模仿内在的东西，也就是内心的看法和激情……而画家主要模仿外在的东西，也就是一切事物的外观和容貌。"对于米开朗琪罗来说，他的形象艺术超越了"容貌"。

瓦尔奇也将这种奔放的气质归功于大师的艺术，他当时写道："对我来说，我一点也不怀疑，正如但丁在诗中所模仿的那样，米开朗琪罗并没有在他的作品中模仿这些，他不仅为其赋予了在但丁的理念中所能看到的雄伟和庄严，还设法继续做那些，不是在大理石中，就是通过色

彩，而这些他已用句子和词汇做过了……"米开朗琪罗的雕塑常常表现出极端的身体性和对男性身体的过分关注，同时，他在诗集中选择避免描述"外在"。事实上，我们在诗集中几乎找不到对外貌的描写。米开朗琪罗，就像在诗集中所表现的那样，局限于探讨"内在"。这些诗中不断强调的主题包括死亡，这与爱情形成对比，就像诗集开篇的牧歌所展示的那样。

用米开朗琪罗可能会使用的话来说，在与贾诺提的对话中，他表达了这种内外冲突："我记得曾试图在那里重新找到自我，欣赏自己的内在，获得如此多的愉悦和如此多的快乐，但这不是我应该做的事，我必须思考死亡……"这种对死亡的思考产生了令人惊叹的效果，死亡虽然摧毁了一切，但也是保护一切的方式。不久之后，他开始雕刻《隆达尼尼圣殇》，为自己的陵墓所用，同时在尼科德莫的脸上表现了自己的特征。同样地，我们可以将另一件未完成的作品——就是他的诗集——看作是老年米开朗琪罗的自画像。

乔纳森·卡茨·纳尔逊（Jonathan Katz Nelson）
《米开朗琪罗：诗歌与雕塑》，2003年

表现主题　不显单调

从米开朗琪罗的艺术出现之日开始，他就显露出对佛罗伦萨艺术手法孜孜不倦的研究，如圣十字教堂内的乔托的壁画、卡尔米内圣母教堂内马萨乔的壁画、多那太罗散布在全城的雕塑。

类似的关注焦点，在当时的年轻艺术家之间不会显得古怪，但是在米开朗琪罗身上，很可能充满了特殊的冲动——既永远不满足又单方面的热情：人体、解剖学、人在空间中的运动与平衡；整体与价值的显著和重要。人们可以正确地判断，米开朗琪罗的整个活动，都可被概括为一种持续的、从未显得单调和千篇一律、对人类形象以及其表现可能主题的反映。

加布里尔·多纳蒂（Gabriele Donati）
《米开朗琪罗》，2005年

爱与战争　令人着迷

米开朗琪罗的雕像之所以引起并持续给人留下深刻印象的诸多原因之一，是他能将我们带进他的过程，追随其原则，重温他的创作时刻，共同体会诸多困难和时常出现的忧虑。这是有史以来其他任何一位艺术家都没有能力做到的。这是他所要求的艺术，需要与材料近距离地争斗。对米开朗琪罗来说，这是一种激烈的进攻，好像一场战争，又能像爱情一样令人满足，他能预测将要付出的辛苦以及会出现的失望。在阿尔卑斯山脉的山麓和海滩之间，在那原始的风景里，他经常出入采石场，了解矿脉，迅速办理各种手续，承担风险，支配金钱，和采石工人、钻营者、搬运工人以及船工等各种人一同工作，还常常处理与高层的关系，包括当地政府和罗马的教皇。

克里斯蒂娜·阿奇迪尼·路齐那特
（Cristina Acidini Luchinat）
《雕刻家米开朗琪罗》，2006年

作品收藏

意大利

博洛尼亚

圣多明我教堂

《烛台的天使》 1494年—1495年

《圣普罗柯洛》 1494年—1495年

佛罗伦萨

圣洛伦佐教堂

劳伦先图书馆 1524年—1534年

美第奇礼拜堂 1519年—1534年

博那罗蒂家族故居

《半人马之战》 约1492年

《圣母和圣婴》 约1525年

《阶梯上的圣母》 约1492年

圣灵教堂

《基督受难》 约1493年

乌菲齐美术馆

《圣家族圆形画》 1503年—1504年

美术学院美术馆

《大卫》 1501年—1504年

《四奴隶：苏醒的奴隶、长胡子的奴隶、石块头的奴隶、年轻的奴隶》 1519年—1536年

《圣马太》 约1506年

大教堂美术馆

《佛罗伦萨圣殇》 约1549年—1555年

巴杰罗美术馆

《酒神巴库斯》 1496年—1497年

《大卫-阿波罗》 约1530年

《皮蒂圆形浮雕》 约1503年—1505年

维奇奥宫

《胜利》 1532年—1534年

米兰

斯福尔扎古堡，斯福尔扎市立美术馆

《隆达尼尼圣殇》 约1554年—1564年

罗马

卡比托利欧山

卡比托利欧广场 约1537年

圣彼得锁链堂

《摩西》 约1513年—1515年

《拉结》 1542年—1545年

《利亚》 1542年—1545年

密涅瓦神庙遗址圣母教堂

《复活的基督》 1519年—1520年

锡耶纳

锡耶纳大教堂

皮科洛米尼圣坛 约1501年—1504年

奥地利

维也纳

阿尔贝蒂娜博物馆

《卡辛那战役》草图中的人体 约1504年

比利时

布鲁日

圣母教堂

《布鲁日圣母》 约1503年—1505年

梵蒂冈

梵蒂冈

圣彼得大教堂

圣彼得大教堂穹顶 1547年—1564年

《罗马圣殇》 1497年—1499年

梵蒂冈博物馆

《圣保罗的皈依》 1542年—1545年

《圣彼得受钉刑》 约1546年—1550年

《最后的审判》 1534年—1541年

《西斯廷礼拜堂天顶画》 1508年—1512年

法国

巴黎

卢浮宫

《垂死的奴隶》 约1513年

《被缚的奴隶》 约1513年

德国

慕尼黑

斯塔特利克版画收藏馆

《圣彼得》（复制于马萨乔的《纳税钱》） 1489年—1490年

英国

伦敦

伦敦国家美术馆

《基督入葬》 1500年—1501年

皇家美术学院

《塔戴依圆形浮雕》 1504年—约1506年

牛津
阿什莫林博物馆
《理想的头部》草图 1518年—1520年

温莎
皇家博物馆
《提堤俄斯受罚》 1532年

俄罗斯

圣彼得堡
冬宫博物馆
《蹲着的青年》 1530年—1534年

美国

波士顿
伊莎贝拉·斯图尔特·加德纳美术馆
《维多利亚·科隆纳圣殇》草图
约1546年

历史年表

本年表概括地记述了艺术家一生中所经历的主要事件，并同步列出那个年代发生的最重大的历史事件。

1475年

3月6日，米开朗琪罗出生于上提贝利娜河谷的卡普里斯镇，父亲是当时任该地区最高行政官的路多维克·迪·列昂纳多·迪·博那罗蒂·西蒙尼，母亲是达·弗朗西斯卡·迪·内里。

1478年

4月26日发生了"帕齐阴谋"，朱利亚诺·德·美第奇在佛罗伦萨主教堂参加弥撒时遇刺。由于民众的坚决回击，反对美第奇家族的阴谋失败，而在伏击中受伤的"奢华者"洛伦佐的权力，由此得到了进一步的加强。

1481年

米开朗琪罗母亲去世。在

这一时期，米开朗琪罗在弗朗西斯科·达·乌尔比诺的学校里学习语法。

1483年

8月9日，由包括佩鲁吉诺、波提切利、多梅尼科·吉兰达约、科西莫·罗塞里和卢卡·西尼奥雷利在内的多名画家共同绘制的壁画群完工后，在梵蒂冈的西斯廷礼拜堂内举行了首场弥撒。

1488年

从4月1日起，米开朗琪罗成了画家多梅尼科·吉兰达约和大卫·吉兰达约的学徒，在吉兰达约兄弟的佛罗伦萨画坊中学习。这两位画家与米开朗琪罗的父亲签订的协议中，将培训的时间规定为三年。年轻的

米开朗琪罗很可能参与了1486年委托给吉兰达约兄弟的圣母百花大教堂的托纳波尼礼拜堂的装饰工程。

1492年

4月8日，"奢华者"洛伦佐去世；米开朗琪罗被迫离开了他已居住了一段时间的位于拉尔加路的美第奇宫，回到了父亲的住所。10月12日，克里斯托弗·哥伦布发现了美洲。皮耶罗·德拉·弗朗西斯卡去世。

1494年

米开朗琪罗逃离了政治和社会都发生剧烈动荡的佛罗伦萨。在威尼斯做短暂的停留后，前往博洛尼亚避难，在那里待了一年。身为安茹家族继

承人的查理八世意图取代佛罗伦萨领主，前往他所渴望攻占的那不勒斯王国。皮耶罗二世·德·美第奇在同意了查理八世的入城要求后，被逐出佛罗伦萨。佛罗伦萨共和国宣告成立。修士吉罗拉莫·萨伏那洛拉在佛罗伦萨布道。

1496年

6月，米开朗琪罗首次来到罗马，成为枢机主教里阿里奥的宾客。在罗马生活的这段日子里，他创作了保存在梵蒂冈的《酒神巴库斯》和《罗马圣殇》。

1498年

吉罗拉莫·萨伏那洛拉被指控信仰异教，并被处以火刑。

1501年

回到佛罗伦萨后，米开朗琪罗被委托为大教堂的扶壁制作一尊大卫的雕像。

1502年

皮耶罗·索德里尼被推选为佛罗伦萨共和国的终身最高行政长官。

1503年

大教堂工作委员会委托米开朗琪罗雕凿用于装饰圣母百花大教堂内部环境的十二圣徒像。几个月后，他又接受了荷兰商人穆斯克宏的委托，为其创作一尊《圣母与圣婴》雕像。庇护三世去世，朱利亚诺·德拉·罗韦雷被选为教皇，名号为尤利乌斯二世。

1504年

佛罗伦萨共和国委托米开朗琪罗为领主宫内的大议会厅绘制壁画《卡辛那战役》。9月，举行了《大卫》的揭幕仪式，但这尊雕像不再按照最初的设想安放于大教堂内，而是矗立在领主宫的门前。

1505年

被尤利乌斯二世召回罗马后，米开朗琪罗着手为教皇建造一座宏伟的陵墓。陵墓的设计方案一经商定，他便立即动身前往卡拉拉的采石场挑选大理石。

1506年

回到罗马后，米开朗琪罗发现教皇已有了新的打算，尤利乌斯二世更关心的是圣彼得大教堂的重建工作，而非其陵墓的修建工程。4月，米开朗琪罗逃回佛罗伦萨，直到11月才与尤利乌斯二世达成和解。不久以后，他被委托为博洛尼亚主教堂制作一尊教皇的青铜纪念像。尤利乌斯二世帮助博洛尼亚城摆脱了本蒂沃利奥家族的统治，并决定重建圣彼得大教堂，将这项工程委托给了布拉曼特。

1月，在罗马发现了雕像《拉奥孔》。

1508年

尤利乌斯二世委托米开朗琪罗为西斯廷礼拜堂的天顶绘制壁画。

1512年

10月31日，西斯廷礼拜堂重新开放。几天前，米开朗琪罗完成了天顶画的绘制工作。

1513年

2月，教皇尤利乌斯二世去世。乔凡尼·德·美第奇继位，名号为利奥十世。

1516年

新任教皇利奥十世委托米开朗琪罗重新修建圣洛伦佐教堂的立面。

1519年

利奥十世终止正在进行中的圣洛伦佐教堂的立面的重建工作，委托米开朗琪罗建造和装饰新圣器室。

1523年

朱利奥·德·美第奇登上教皇的宝座，名号为克雷芒七世。

1524年

在克雷芒七世的要求下，米开朗琪罗开始修建劳伦先图书馆。

1527年—1530年

美第奇家族被逐出佛罗伦萨，佛罗伦萨建立了新的共和体制。

1531年

亚历山德罗·德·美第奇重返佛罗伦萨。

1534年

米开朗琪罗定居罗马，并开始《最后的审判》的创作。克雷芒七世去世，教皇保罗三世继位。

1541年

10月31日，米开朗琪罗创作的《最后的审判》揭幕。

1545年

米开朗琪罗完成了为保利内礼拜堂绘制的壁画《圣保罗的皈依》。特兰托会议召开。

1547年

米开朗琪罗着手为保利内礼拜堂绘制壁画《圣彼得受钉刑》，并开始圣彼得大教堂穹顶的建造工程。

约1550年米开朗琪罗完成了梵蒂冈的保利内礼拜堂壁画的绘制工作。教皇保罗三世去世，尤利乌斯三世当选新任教皇。乔尔乔·瓦萨里出版《由契马布埃至当代最优秀的意大利建筑师、画家、雕刻家的生平》（又名《艺苑名人传》）。

1553年

阿斯卡尼奥·孔迪维出版《米开朗琪罗传》。

1554年

米开朗琪罗开始雕凿《隆达尼尼圣殇》，但直到去世时仍未完成这件作品。

1564年

1月，特兰托会议监察部委托达尼埃莱·迪·沃尔泰拉完成为《最后的审判》中那些被认为淫秽的部位画上遮羞布条的任务。

2月18日，米开朗琪罗在罗马去世，享年89岁。

参考书目

C. de Tolnay, *Michelangelo*, Princeton, Princeton University Press 1943–1960

C. de Tolnay, *Michelangiolo*, Firenze, Del Turco Editore 1951

G. Vasari, *La vita di Michelangelo nelle redazioni del 1550 e 1568*, a cura di P. Barocchi, Milano-Napoli, Ricciardi 1962

Il Carteggio di Michelangelo, ed. postuma di Giovanni Poggi, a cura di P. Barocchi e R. Ristori, Firenze, Sansoni-SPES 1965–1983

R. Salvini, *Michelangelo*, Milano, Mondadori 1977

J. Wilde, *Michelangelo. Six Lectures*, Oxford, Clarendon Press 1978

Michelangelo e i maestri del Quattrocento, a cura di C. Sisi, catalogo della mostra di Firenze, Firenze, Cantini 1985

G.C. Argan e B. Contardi, *Michelangelo*, Firenze, Giunti Editore 1987

Michelangelo e l'arte classica, a cura di G. Agosti e V. Farinella, catalogo della mostra di Firenze, Firenze, Cantini 1987

Michelangelo e la Sistina: la tecnica, il restauro, il mito, a cura di F. Mancinelli, Roma, Palombi 1990

Il giardino di San Marco. Maestri e compagni del giovane Michelangelo, a cura di P. Barocchi, catalogo della mostra di Firenze, Cinisello Balsamo (Mi),

Silvana Editoriale 1992

La Cappella Sistina. La volta restaurata: il trionfo del colore, a cura di P. De Vecchi, Novara, Istituto Geografico De Agostini 1992

M. Hirst, *Michelangelo, I disegni*, Torino, Einaudi 1993

J.S. Ackerman, *L'architettura di Michelangelo*, Torino, Einaudi 1996

M. Hirst, J. Dunkerton, *Michelangelo giovane: pittore e scultore a Roma, 1496–1501*, Modena, Franco Cosimo Panini 1997

A. Condivi, *Vita di Michelangelo Buonarroti* [1553], a cura di G. Nencioni, Firenze, SPES 1998

M. Buonarroti, *Rime*, a cura di M. Residori, Milano, Mondadori 1998

C. Acidini Luchinat, E. Capretti, K. Weil-Garris Brandt, *Michelangelo. Gli anni giovanili*, Firenze, Giunti Editore 1999

Giovinezza di Michelangelo, a cura di K. Weil-Garris Brandt, catalogo della mostra di Firenze, Firenze-Milano, Artificio Skira 1999

A. Forcellino, *Michelangelo Buonarroti. Storia di una passione eretica*, Torino, Einaudi 2002

L'ombra del genio. Michelangelo e l'arte a Firenze. 1537–1631, a cura di M. Chiarini, A. P. Darr e C. Giannini, catalogo della mostra di Firenze, Milano, Skira 2002

Michelangelo. Grafia e biografia di un genio, a cura di L. Bardeschi

Ciulich, catalogo della mostra di Milano, Milano, Biblioteca di Via Senato Edizioni 2002

Venere e Amore: Michelangelo e la nuova bellezza ideale, a cura di F. Falletti e J.K. Nelson, catalogo della mostra di Firenze, Firenze, Giunti Editore 2002

Michelangelo: poesia e scultura, a cura di J.K. Nelson, Milano, Mondadori Electa 2003

La Sistina e Michelangelo: storia e fortuna di un capolavoro, a cura di A. De Strobel e G. Gentili, catalogo della mostra di Roma, Cinisello Balsamo (Mi), Silvana Editoriale, 2003

M. Hirst, *Tre saggi su Michelangelo*, Firenze, Mandragora 2004

A. Paolucci, G.M. Radke e F. Falletti, *Michelangelo: il David*, Firenze, Giunti Editore 2004

G. Donati, *Michelangelo*, Roma, Gruppo Editoriale l'Espresso 2005

A. Forcellino, *Michelangelo, una vita inquieta*, Roma, Laterza 2005

C. Acidini Luchinat, *Michelangelo scultore*, Milano, Federico Motta Editore 2006

Michelangelo, Milano, Mondadori Electa 2006

F. Tuena, *Michelangelo: gli ultimi anni*, Firenze, Giunti Editore 2006

G.C. Argan e B. Contardi, *Michelangelo Architetto*, Milano, Mondadori Electa 2007

图片授权

Akg-Images, Berlino.
Archivi Alinari, Firenze.
Archivio Mondadori Electa, Milano.
Archivio Mondadori Electa, Milano
    su concessione del Ministero
    dei Beni e le Attività Culturali.
Foto Musei Vaticani, Roma.

Graphische Sammlung Albertina, Vienna.
Lessing / Archivio Contrasto, Milano.
Museo dell'Ermitage, San Pietroburgo.
Antonio Quattrone, Firenze.
Rabatti & Domingie, Firenze.
© Scala Group, Firenze.
Staatliche Graphische Sammlung,

Monaco.
The Bridgeman Art Library, London.
The Royal Collection © Her Majesty
    Queen Elizabeth II.
Arnaldo Vescovo, Roma.

图书在版编目（CIP）数据

米开朗琪罗：不可逾越的成就 /（意）马塔·阿尔瓦雷斯·冈萨雷斯著；于雪风，娄翼俊，郑昕译 . -- 北京：北京时代华文书局，2024.7

ISBN 978-7-5699-4545-4

Ⅰ.①米… Ⅱ.①马… ②于… ③娄… ④郑… Ⅲ.①米开朗琪罗 (Michelangelo, Buonarroti 1475-1564)－艺术评论 Ⅳ.① J055.46

中国版本图书馆 CIP 数据核字（2022）第 026738 号

北京市版权局著作权合同登记号 图字：01-2021-6436 号

MIKAILANGQILUO: BU KE YUYUE DE CHENGJIU

出 版 人：陈　涛
项目统筹：王　灏
责任编辑：李　兵
执行编辑：王　灏
责任校对：薛　冶
封面设计：程　慧 杨颜冰
内文版式：赵芝英
责任印制：刘　银

出版发行：北京时代华文书局 http://www.bjsdsj.com.cn
　　　　　北京市东城区安定门外大街 138 号皇城国际大厦 A 座 8 层
　　　　　邮编：100011　电话：010-64263661　64261528
印　　刷：北京盛通印刷股份有限公司
开　　本：710 mm×1000 mm　1/16　　　成品尺寸：170 mm×230 mm
印　　张：10　　　　　　　　　　　　　字　　数：154 千字
版　　次：2024 年 7 月第 1 版　　　　　印　　次：2024 年 7 月第 1 次印刷
定　　价：78.00 元